書下ろし長編時代小説

人情の味

本所松竹梅さばき帖

◆

倉阪鬼一郎

コスミック・時代文庫

この作品はコスミック文庫のために書下ろされました。

目次

第一章　三つの軒提灯《のきぢょうちん》

一

本所《ほんじょ》は風の町だ。

ことに、竪川《たてかわ》に架かる橋の上に立つと、強い川風が折にふれて吹きつけてくる。西から順に、一ツ目之橋《ひとつめのはし》、二ツ目之橋、三ツ目之橋と続く。いちばん大川《おおかわ》（隅田川《すみだがわ》）に近い一ツ目之橋は、たまさか吹き上げるような突風が吹く。体を飛ばされないように、人々は背をまるくして足早に通り過ぎていく。

文政《ぶんせい》八年（一八二五年）の正月の末だ。十五日にずいぶん積もった雪が、まだ溶けきらずに路傍《ろぼう》に残っている。

そんな凍《こご》えるような風が吹く一ツ目之橋を北へ渡り、回向院《えこういん》の裏手へ進むと、細い路地の角に軒提灯《のきぢょうちん》が見えてくる。冬の晩にともる紅い灯りは、そこだけがあたたかかった。思わずほっとするようなたたずまいだ。

その灯りに誘われて路地に足を踏み入れた者は、おそらく「おや」と思うだろう。表通りからは一つしか見えなかった提灯の灯りが、ほかにも路地にともっていたからだ。

斜向《はすむ》かいに二つ目、いちばん奥に三つ目。同じような紅い軒提灯がともっている。路地ゆえに風がさえぎられるということもあるが、そこへ足を踏み入れるとひと息つけるような景色だった。

軒提灯の造りはみな同じだった。記されている字だけが違う。

初めの提灯には、「松」と書かれていた。

ただし、それだけではない。横にはいま少し控えめな字で、こう記されていた。

すし

これによって、何を出す見世《みせ》かが分かる。

路地の入口にある見世は、「松寿司」という名の寿司屋だった。

その斜向かいの軒提灯は「竹」だった。横にはこう記されている。

てんぷら

その文字を読まなくても、かすかに漂ってくる油の香りで分かる。

路地の二番目の見世は、「天竹」という天麩羅屋《てんぷらや》だった。

その前を通り、路地の奥まで進んでいくと、つゆの香りがぷんと漂ってくる。

軒提灯には「梅」。

その横に書かれている字は、こう読み取ることができる。

そば

路地の奥に軒提灯が出ているのは、「やぶ梅」という名の蕎麦屋《そばや》だった。

順に、寿司、天麩羅、蕎麦。

江戸料理の三種の神器《じんぎ》のごときものがそろっている。胃の腑《ふ》が強い者なら、すべてを梯子《はしご》してやろうと思い立つかもしれない。握り寿司を味わい、揚げたての天麩羅を肴《さかな》に呑んで、蕎麦をたぐって締める。この路地だけでなかなかに乙《おつ》な楽しみができる。

だが……。

一見《いちげん》の客が本当に試してみたら、きっと途中でいぶかしげな顔つきになるに違いない。

松竹梅《しょうちくばい》の三つの見世が似ているのは、紅い軒行灯だけではなかった。それぞれのあるじの顔もそっくりだった。

無理もない。

松寿司と天竹とやぶ梅、三つの見世のあるじは、三兄弟だった。

二

「六間堀《ろっけんぼり》の松ずしからのれん分けをしたんじゃないんだな？」

初めて来た客が意外そうな顔つきで言った。

「はい。初めは師匠の名を取った丑《うし》寿司だったんですが、おまえが継ぐんだから松寿司にしろと言われまして、音《おん》が同じになってしまったんです」

厨《くりや》で寿司を握りながら、あるじの松吉《まつきち》が答えた。

「六間堀のほうだったら、目玉が飛び出るような値を取られるだろうからね」

長床几《ながしようぎ》の端のほうに腰かけた隠居風の男が言った。

松寿司と天竹とやぶ梅。いずれも造りは似ていた。

厨の前に一枚板の席があり、つくりたての料理を出すことができる。

そのほかに小上がりの座敷があった。さほど広くはないが、小人数なら宴《うたげ》もできる間取りだ。

「うちは屋台のお寿司と上等のお見世のあいだくらいですから」

おかみのおとしが笑顔で言った。

深川《ふかがわ》の八幡《はちまん》さまの縁日で知り合った松吉と夫婦《めおと》になってから、もうかれこれ二十年近くになる。八幡さまのお導きとかたく信じている夫婦仲は、むかしと変わらずいたって良かった。

「屋台の寿司は安いので四文から食えるけど、六間堀のは二百文でも食えねえってんだから驚きだよ」

客がそう言って、蛸《たこ》の握りを口に運んだ。

「うちは八文からお出ししてますんで。こいつがしくじったのは値引きもします」

あるじの松吉はそう言って、隣のほうに目を送った。

そこでは、あるじとよく似た顔の男が仕込みをしていた。

跡取り息子の鶴松《つるまつ》だ。背丈はもう親父と同じくらいだが、顔にはまだわらべの面影がある。それもそのはず、鶴松は十四になったばかりだった。

客の前で寿司を握らせれば度胸がつき、腕も上がるだろうと、思い切って厨に立たせているのだが、松吉の目から見るとまだまだ腕は心もとなかった。

「ここいらは武家屋敷も多いからね。賄賂《まいない》のために値の張る寿司を求める客も多い」

髷《まげ》がだいぶ白くなっている好々爺《こうこうや》が言った。

「なるほど。このあたりは長いんですかい？」

初顔の客がそう問うたから、座敷に陣取っていた火消し衆からも笑い声がわいた。

「長えどころか、本所の主《ぬし》みてえなご隠居さんで」

「泣く子も黙る、元本所方の偉え同心さまでさ」

「このあたりで一色英太郎《いっしきえいたろう》の名を知らねえやつは、もぐりもいいとこで」

同じ半纏《はんてん》をまとった火消し衆が口々に言う。

「だれも黙らないいさ」

一色英太郎は苦笑いを浮かべた。

「同心って言っても、町方の定廻《じょうまわ》りみたいに派手な捕り物をやるわけじゃない。本所や深川の道や建物などの普請《ふしん》を監督したりする、いたって地味な役目でね。……お、ありがとよ」

元本所方同心は軽く右手を挙げ、松吉から次の握りの皿を受け取った。つややかな芝海老《しばえび》だ。

「いや、出水のときはいちばんの働きじゃないですか、旦那《だんな》」

「そうそう、鯨船《くじらぶね》に乗って、おぼれてる人を助けたりするんだから」

座敷の火消し衆から声が飛んだ。

「なに、いまはただの隠居だから」

まんざらでもなさそうな調子で答えると、一色英太郎は握りを口中に投じた。この按口のなかでふわっと寿司飯がほどけるのが師匠ゆずりの松吉の握りだ。この按配をまだ息子の鶴松は出せない。

つとめをつつがなく果たし終えた一色英太郎は、息子の信兵衛《しんべえ》に本所方同心の株を譲り、いまは楽隠居の身だ。今夜は松寿司だが、天竹にもやぶ梅にも顔を出す。本所深川の隅々まで頭の中に入っていて、知恵も情もあるから、なにかと頼りになるご隠居だった。

「ついでだから、斜向かいで天麩羅も食ってくらあ」

初顔の客がそう言って腰を上げた。

「毎度ありがたく存じます。八文の皿が五つで四十文になります」

おとしがすらすらと算じて言った。

「そんなに食ったかい」

「ええ。お皿が五枚ですので」

おとしは一枚板の席を指さした。

勘定違いがないように、皿と徳利ですぐ分かるようにしてある。この客は茶だけだったから、間違いなく四十文だ。

「なら、しょうがねえや」

客は巾着《きんちゃく》を取り出した。

「天麩羅のお次は、奥のお蕎麦もいかがですか？」

おとしが如才《じょさい》なくすすめる。

「うめえあきないをするじゃねえか」

「七福神みたいに、この路地の見世を三つ回ったら福がつくんだよ」

火消しのかしらが、まことしやかに言った。

「そうかい。ただ、今夜はここで食い過ぎたから、金も胃の腑も続かねえよ」

初顔の客は笑みを浮かべて、巾着をふところに収めた。

三

初顔の客が去ったあと、ほどなくして座敷の火消し衆も腰を上げた。

これから夜廻りだ。一月、二月の風の乾いている時分は、何より火が恐ろしい。江戸はこれまで数え切れないほどの大火に見舞われてきた。火消し衆は毎晩、見廻りに余念がなかった。

それと入れ替わるように、三人の客がまたきびすを接して松寿司ののれんをくぐってきた。

二人の船大工は座敷に、四十がらみの武家は隠居に挨拶《あいさつ》してから一枚板の席に腰を下ろす。

「冷えるなあ」

そう言って首をすくめたのは、近くに屋敷がある寄合《よりあい》の本多《ほんだ》玄蕃《げんば》だった。

「おまかせの握りでよろしゅうございますか」

松吉が声をかけた。

「ああ。それに熱燗《あつかん》を。実は、昼間も寿司だったんだが」

「どちらで？」

隠居が問う。

「そこの与兵衛《よへえ》で」

本多玄蕃は身ぶりをまじえた。

与兵衛鮨も両国橋《りょうごくばし》の東側にあるから、いくらも離れていない。

「久々に行ったんだが、ずいぶん並んで待たされて、高い銭を払ってはい終わり」

武家は苦笑した。

「さっきもちらっと話が出てたんだが、そういった高い見世へ行くくらいなら、松寿司がいちばんだよ」

隠居が表情を崩した。

「まったくで」

「おれら、よっぽどのことがなきゃ、六間堀のほうの松ずしや与兵衛鮨にゃいけねえ」

船大工たちが言った。

かしらが卯之助《うのすけ》で、その片腕が善三《ぜんぞう》。本所深川は水の町だから船大工も多いが、腕の良さでは評判の二人だ。

「わたしなんかでも、入るのはためらうからね」

本多玄蕃が言う。

「本多様は高禄《こうろく》の寄合ではないですか。堂々と入られたらよろしかろうに」

と、隠居。

「いやいや、何の御役にも就《つ》いていない身で、さような贅沢《ぜいたく》をしていたらうしろ指をさされるわ」

あまり風采《ふうさい》は上がらないが、どこか憎めない武家はそう言って首をすくめた。

無役の武家のうち、微禄の者は小普請組《こぶしんぐみ》に入るが、三千石以上の者はただの寄合となる。交代寄合なら領地があってなにかと忙しいけれども、ただの寄合はおおむね暇だ。それをもてあまして三兄弟の見世へ油を売りにくることが多かった。

「ところで、師匠のほうはいかがです？」

座敷に酒を運んだとき、いくらか声を落としておとしがたずねた。

「あんまり良かないな」

「湯屋へつれてってるだけなのに、すまねえ、すまねえっていくたびも言うんだ。礼なんか言わなくていいのによ」

卯之助と善三の表情が曇る。

「そうですか……快気祝いの一席をうちで、と話をしてたんですが」

おとしはそう言って松吉のほうを見た。

「貸し切りでやらせてもらいますんで、早く良くなっていただきたいものですね」

松寿司のあるじはしみじみと言った。

話に出ている「師匠」とは、近くの長屋に住んでいる落語家の本所亭捨松《ほんじょていすてまつ》だった。江戸じゅうで人気というわけではなく、「本所で有名、江戸で無名。あたしの名を知ってるのは川向こうのほんのちょびっとだけでして」というのがまくらがわりになっているほどだが、芸は達者で笑いも泣きも思うがままという知られざる名人だ。

ところが、昨年来、体の具合が思わしくなく、ろくに高座にも上がれない日々が続いていた。弟子の本所亭捨三《すてぞう》と朋輩《ほうばい》の大八《だいはち》、それに縁あってしばしば顔を出している二人の船大工が交替で湯屋へ運び、体を洗ってやっているのだが、だんだんに痩《や》せてきて痛ましいほどだった。

松竹梅の三兄弟とは、親の寅助《とらすけ》が存命だったころからの知り合いだ。

（あんたらが顔をくしゃくしゃにして泣いてたころから知ってるんだよ、あたしゃ）

本所亭捨松は、よくそう言っていたものだ。

三兄弟の父の寅助は、先年、急なはやり病で死んだ。

江戸の町の災いといえば、火事に地震に出水とさまざまにあるが、目に見えないはやり病も恐ろしい。三兄弟の父も、それにやられてしまった。

寅助の長年の夢は、自前の見世を持つことだった。

のれんを出すからには、江戸一の見世になるように、みっちりと修業を積んでから満を持して出したい。

そう思案した寅助は、寿司と天麩羅と蕎麦の修業をし、息子たちにもその技を伝授していた。

松竹梅の三人がそれぞれの道で修業を積み、いよいよ皆で見世を出そうという話になった。江戸前の料理のすべてをここで味わえる見世だから、それなりの構えでなければならない。どの町がいいか、相談を繰り返しているうちに、寅助は早患《はやわずら》いであっけなくこの世を去ってしまった。

あとに残された三兄弟は、父の遺志を継いで見世を出すことにした。

初めは一つの見世にするつもりだったが、母のおせいが異議を唱えた。

一度に寿司と天麩羅と蕎麦を食べる客はそうそういない。それなら、近場にそれぞれの見世を開き、仕入れなどをまとめて利が出るようにすればいい。

寅助亡きいま、母のおせいが一族の長《おさ》のようなものだった。修業ばかりで実入りがいま一つの亭主を、端唄《はうた》の師匠や内職のつまみ簪《かんざし》づくりで支えてきた母の言葉は重かった。

それに、思案してみると、おせいの言うとおりだった。胃の腑が強い男なら、寿司と天麩羅と蕎麦がいっぺんに膳に出ても平らげられるだろうが、もてあます客のほうが多いだろう。

そんなわけで、三兄弟がそれぞれの見世を出すことになった。いろいろ探し回った末、「ここだ」という路地が本所の相生町《あいおいちょう》に見つかった。

この路地なら、同じくらいの間取りの見世を三つ出すことができる。それに加えて、おせいがつまみ簪づくりをできるいい按配の家も見つかった。

こうして、本所の路地に三つの同じ軒提灯が出ることになったのだった。

四

「そっちの師匠のほうの具合はどうなんだい？」

隠居の一色英太郎が松吉にたずねた。

そっちの師匠、とは松吉の寿司の師匠である丑次郎《うしじろう》のことだ。

「足の具合は相変わらず芳《かんば》しくないので、わたしとせがれがたまに湯屋へつれていってます」

松吉は鶴松のほうを見た。

「いつもお説教を受けてます」

若者は苦笑いを浮かべた。

「そうすると、足のほかに悪いところはなさそうだね」

と、隠居。

「ええ。ほかはいたって丈夫で、口もよく回ってます」

「たまにはお座敷に来ていただいたらどう？」

おとしが松吉に水を向ける。

「いや、まあ、誘いはかけてるんだがな」

松吉はあいまいな顔つきになった。

「来たくないと言ってるのかい？」

本多玄蕃がたずねる。

「来たいのはやまやまだと思うんですが、『おれが行って、出てきた寿司に文句をつけて、悪い評判が立って客が来なくなっちまったら困るじゃねえか』などと、憎まれ口をたたいてます」

松吉はべらんめえの師匠の声色《こわいろ》を真似て言った。

「はは、それだけの元気があれば大丈夫だね」

暇な寄合が笑った。

次の寿司が出された。

大川の白魚《しらうお》を、あぶった浅草海苔《あさくさのり》で巻いた、いかにも江戸らしい小粋《こいき》なひと品だ。

「この寿司を出してりゃ、師匠も文句をつけないだろうよ」

元本所方同心が満足げに言った。

「山葵《わさび》の入り方が、品があっていいね」

本多玄蕃がうなずく。

剣術の腕などはからっきしで、将棋《しょうぎ》や囲碁《いご》などの趣味も下手《へた》の横好きらしいが、なかなかに侮《あなど》れない舌の持ち主だ。

「醤油《しょうゆ》に、ちゅ《ちゅ》とつけて食や……」

「こたえられねえな、まったく」

座敷の船大工たちが掛け合う。

「白魚ってのは、おどり食いなんかもあるけどよ」

「こっちのほうが、ちゃんとした仕事が入ってるぜ」

「まったくだ。ぱりっとあぶった海苔もうめえ」

卯之助と善三はご満悦だった。

腕のいい船大工は実入りがいい。折にふれて料理茶屋にも顔を出しているから、こちらも舌は肥えている。

「なんにせよ、師匠が目を光らせてるのはいいことだね」

一色英太郎がそう言って、また猪口《ちょこ》の酒を口に運んだ。

隠居の身だが、腰を据えて呑みくらべをしたら若い者にも負けない。ずっと一枚板の席に座っていても酔って乱れることのない、うわばみのような御仁《ごじん》だ。

「うちの寿司を毎日届けてるんですが、ちょっとでも按配が悪いと小言を食らいます。なあ、鶴松」

「こないだも、『なんでえ、この固《かて》え握りは』とさんざん言われました」

息子は少し首をすくめた。

「おれも叱《しか》られながらここまで来たから、まあ辛抱《しんぼう》だな」

と、松吉。

「叱ってもらえる人がいるだけで幸いだと思わないとな」

本多玄蕃が言う。

「はい」

鶴松は殊勝《しゅしょう》にうなずいた。

「ところでよう、ここのせがれはちゃんとおとっつぁんの跡を継いで重畳《ちょうじょう》だがよ」

「肝心の師匠のせがれの話だな?」

座敷の船大工たちがまた掛け合いを始めた。

「そうよ。丑蔵《うしぞう》はちっちゃいころから知ってるけどよう、根は悪いやつじゃねえんだが」

卯之助が首をひねった。

「悪い仲間と付き合って、流されちまうんだな」

善三が言う。

「お父さんはどう言ってるの？　おまえさん」

おとしがたずねた。

「『あんなやつは、せがれじゃねえ』と突き放してる」

松吉がまた声色を遣《つか》った。

「なら、勘当《かんどう》かい？」

隠居が訊《き》く。

「そういうわけじゃないみたいです。師匠は丑蔵に跡を継がせようとしてたんですが、寿司屋は嫌だと言って家を飛び出して、あっちへふらふら、こっちへふらふらしてるみたいで」

松吉が答えた。

「一時《いっとき》は大工の修業もしたみてえなんだが、すぐ尻を割ってやめちまったそうで」

「火消し衆によると、悪い仲間とつるんでるとこを見かけたそうでさ」

座敷の船大工たちが言う。

「何か事を起こさなきゃいいがね。……さて、もう一軒行くかね」

一色英太郎が猪口を置いた。

「竹ですか、梅ですか」

笑みを浮かべて、本多玄蕃が問う。

「まずは竹のほうだね。どういうわけか、うまい寿司をつまむと、揚げたての天麩羅を食べたくなってくるんだ」

「そうして、揚げたての天麩羅を食べると、締めに蕎麦をたぐりたくなってきたりしますな」

「まったく、よくできてるよ、ここの路地は」

隠居はそう言って笑った。

ほどなく、一枚板の二人の客が腰を上げた。

ともに身元のはっきりした常連だから、晦日《みそか》払いだ。いちいちお代は取らない。

「ありがたく存じます」

「お気をつけて」

厨から親子の声が響く。

「またのお越しを」

おとしが見世先まで出て、笑顔で見送った。

第二章　京山《きょうざん》登場

一

「いらっしゃいまし」

春の鳥を想わせる心地いい声が響いた。

天竹のおかみの、おみかの声だ。

元は葛飾《かつしか》の在所の出で、野菜や茸《きのこ》を本所深川まで運んでいた。あるじの竹吉《たけきち》とは、そのあきないの縁で結ばれた。元気の良さは、天麩羅《てんぷら》屋のおかみになったいまも変わらない。

「おお、こりゃ、旦那《だんな》がた」

一枚板の席にいた先客が振り向いて言った。

本所亭捨三だ。

「おれら、座敷へ移りますぜ」

このところ、いつも一緒に働いている大八が腰を浮かせた。

天麩羅の揚げたてを味わえる一枚板の席は、いわゆる釜前《かままえ》で、座敷より上座《かみざ》になる。年かさの二人の武家に譲るのは当然のことだった。

「そうかい、悪いな」

そのままでいい、と鷹揚《おうよう》なところを見せることもできるが、それだと据わりが悪かろう。一色英太郎はちらりと本多玄蕃《げんば》の顔を見てから言った。

「なら、座敷へ」

本所亭捨松の弟子が、まず徳利と猪口《ちょこ》を運んだ。

「お皿はお運びします」

おみかが笑顔で手を出した。

「おひなちゃんは寝ちまったのかい?」

元本所方同心の隠居がたずねた。

「ええ。外が暗くなったら寝かせるようにしてるんで」

長菜箸《ながさいばし》を手にしたあるじが答えた。

三兄弟の次男の竹吉と、そのつれあいのおみかとのあいだには、今年八つにな

るおひなという娘がいる。七つまでは神の子と言われるが、たしかに去年までは
それこそひな人形のようにかわいかったのに、このところは憎まれ口もたたくよ
うになった。

　そんなわらべを、隠居も暇な寄合の本多玄蕃もずいぶんとかわいがっていた。

わらべとたわいのない話をするのも、天竹へ来る楽しみのうちだ。

「お兄ちゃんのとこで、白魚と浅草海苔の寿司を食べてきたんだがね」

　本多玄蕃が身を乗り出した。

「はい、うちにも入ってますよ。さっそく揚げましょう」

　竹吉は打てば響くように答えた。

　寒い時季が旬《しゅん》の白魚は、天麩羅にするとうまい。からっと揚がった白魚の天麩
羅は、実に上品な味だ。

「椎茸《しいたけ》もいいのが入ってますよ」

　おみかが如才《じょさい》なくすすめる。

「いいね」

　隠居がすぐさま手を挙げた。

　そんな按配で、ひとわたりうまい天麩羅が供され、徳利が傾けられたところで、

隠居が座敷のほうを向いて言った。

「松寿司でも話が出てたんだが、おまえさんとこの師匠の具合はどうも芳《かんば》しくないようだね」

「そうなんでさ、ご隠居」

捨三が顔をしかめた。

「おいらも、こないだ湯屋へ運んで背中を流したんだけど、ずいぶんと痩《や》せちまってねえ、捨松師匠」

大八の顔も曇る。

捨三は噺家《はなしか》の駆け出しで、むろんそれだけで食えるわけがない。そこで、幼なじみの大八とともに、障子の張り替えからどぶさらい、果ては子守りや年寄りの世話まで、何でもこなすよろずお助け業を始めた。どちらも根が明るくて調子がいいから、わりかた繁盛《はんじょう》しているらしい。

「おいしいものを食べないと、精がつきませんからね」

座敷へ酒のお代わりを運びながら、おみかが言った。

「そうなんで。どうも気が弱くなっちまってて良かねえ」

「病《やまい》は気から、だからな」

大八がうなずいた。

「だったら、何か励みになるようなことを膳立てしてやればどうかねえ」

あつあつの椎茸の天麩羅をようやく胃の腑《ふ》に収めてから、本多玄蕃が言った。

「なるほど、師匠の落語の独演会か何かですか」

弟子が言う。

「そうだな。前は松竹梅の持ち回りでやってたじゃないか」

寄合は土間を指さした。

そこに台をこしらえて、高座をつくる。噺家は座布団に座って落語を披露《ひろう》する。それを座敷と一枚板の席に陣取った客たちが、料理に舌鼓《したつづみ》を打ちながら楽しく聞くという寸法だった。

「あのときは楽しかったですね」

おみかが言う。

「そうそう。師匠があの顔で『毎度……』と口を開いただけで、どっと笑いがわいたくらいで」

「ほんとに、あの甲高《かんだか》い声が響くだけで、世の中がぱっと明るくなるみたいだったからねえ」

隠居が少ししみじみとした口調で言った。

「だったら、うちでやらせていただきますよ」

竹吉が名乗りをあげた。

「でも、三人で相談したほうが」

おみかがすかさず言った。

「そうだな。ま、どこでもいいから、休みの日に貸し切りでやればいいさ」

松寿司と天竹とやぶ梅の休みは、少しずつずらしてある。見世《みせ》が休みの日はよそへ客として顔を出すこともあった。

「よし、決まった」

捨三が手を打ち合わせた。

「師匠がうんと言えばいいんだがね」

と、大八。

「みんな楽しみにしてるって言やあ、噺家だましいに火がつくだろうよ」

願いもこめて、捨三は言った。

二

それからまもなくして、一枚板の席が埋まった。

詰めれば五人まで座れるが、四人がゆったりしていて按配がいい。

新たに天竹に入ってきた常連は、回向院の近くで居合《いあい》の道場を開いている半原《はんばら》抽斎《ちゅうさい》と、師範代の矢櫃登之助《やびつとうのすけ》だった。

剣術の道場だと、竹刀《しない》を合わせなければならない。下手《へた》をすると相手に打たれて痛い思いをしてしまう。

その点、居合はひたすらおのれだけで励む。身の鍛練ばかりでなく、精神の修養にもなる。このところは、裕福なあきんどが両国橋を渡って通うこともあるらしく、道場にはいつも活気があった。

一枚板の席に四人そろったところで、鯊《はぜ》の天麩羅が出た。

頭の中骨を取って揚げた鯊は、天麩羅の大関のごときものだ。彼岸《ひがん》の中日に釣った鯊を食すと中風《ちゅうぶう》にならないという言い伝えがあり、彼岸鯊と呼ばれて珍重されている。しかし、年が明けてからも、三月くらいまではその上品な味を楽しむことができた。

「いくたび食べてもうまいな」

つややかな総髪の道場主が笑みを浮かべた。

ひとたび居合に臨《のぞ》めば、裂帛《れっぱく》の気合を見せる半原抽斎だが、こうして天竹の一枚板の席に座っているときの表情は穏やかだ。

「鯊は皮も香ばしいですからね」

師範代の矢櫃登之助が言う。

居合術ばかりでなく、身を鍛練するのが好きな男で、名は体を表すと言うべきか、折にふれて山へ登りに行く。うなり声をあげながら坂を駆け登ったりするから、驚かれることもしばしばあるらしい。だが、天竹にいるときは、道場主と同じく、師範代の目つきも穏やかだった。

天竹の客が鯊の天麩羅に舌鼓を打ち終えたところで、話はまた本所亭捨松のほうへ戻った。元気なころはしょっちゅう顔を見せていたから、むろん居合道場の二人も噺家を知っている。

「師匠には夫婦《めおと》別れをした女房がいるんですが、さて知らせたほうがいいものやら、そのあたりも悩ましいものがありましてね」

捨三が座敷から言った。

「どうして夫婦別れをしたんだ？」

道場主がたずねた。

半原抽斎の妻も女剣士で、夫婦仲はいたってむつまじい。

「そりゃあ、まあ、師匠のほうに責《せめ》がありましてねえ」

一番弟子は急にあいまいな顔つきになった。

「あの顔ですが、噺家ってのは存外にもてたりするもんで……あ、いや、わたしゃそんなにもてないんですが」

「おめえのことはいいから、話を前へ進めな」

相棒の大八が身ぶりをまじえて言う。

「分かったよ。それでまあ、女が長屋へ押しかけたりしましてね。すったもんだがあって、女房のおそめさんはすっかり角《つの》を出して、娘のおいくちゃんをつれて出てっちまったんでさ」

「それは何年前の話だ？」

今度は師範代がたずねた。

「もうかれこれ……十年前になりまさ」

捨三は指を折ってから答えた。

「娘はいくつくらいだ」

矢櫃登之助が問う。

「ちゃんと育ってたら、十八くらいで」

噺家の弟子が答えた。

「それなら、もう嫁に行ってるかもしれないね」

隠居が言った。

「おとっつぁんも、娘には会いたいだろうよ」

隣で本多玄蕃がうなずく。

「そりゃあもう、元気なころからちょくちょく言ってました。『娘に会いてえ。さぞや大きくなってるんだろうな』って。身が弱っちまったいまなら、なおさらじゃないでしょうかね」

「あの世へ行くまでに、わびを入れたいってわけか」

大八がそう言って、猪口の酒をくいと呑み干した。

「いまはどこに住んでるんです?」

次の皿を運んできたおみかがたずねた。

海のもののお次は畑のもので、ほっこりと揚がった甘藷《かんしょ》の天麩羅だ。じっくり火を通してやると、芋《いも》の甘みがたまらない天麩羅になる。

「おそめさんは里へ帰っちまったんでさ。相州《そうしゅう》の大山《おおやま》の近くだそうで」

「それは遠いね」

すぐさま隠居が言った。

「大山詣《もう》での大山ですからね。講《こう》でも組んでいかねえと」

「すぐに銭は出ねえからなあ」

よろずお助け業の二人は、お手上げの様子だった。

だが、居合道場の二人は違った。思わず顔を見合わせた。

「大山なら、同門の男がふもとで道場を開いている」

半原抽斎が告げた。

「わたしが顔見せがてら行って、用向きをおそめさんに告げてきましょうか。大山なら、足の鍛練にもうってつけですし」

矢櫃登之助はそう言って、よく張った太腿をぽんとたたいた。

「そりゃあ、天の助けかもしれないね」

元本所方の同心の隠居が言う。

もうかれこれ四十年ほど本所一帯に顔を出しているから、このあたりに隠居は数々おれど、押しも押されもせぬてっぺんに立つ大《おお》隠居だ。ここいらでただ「ご隠居」と言えば、一色英太郎を指す。

「もしついでに伝えてきてくださるんでしたら、そいつぁ願ったり叶《かな》ったりですが」

捨三が身を乗り出してきた。

「師匠の励みにもなるでしょうよ」

大八も和す。

「では、折を見て、ひと肌脱いでもらおうか」

半原抽斎が言った。

「承知しました。わたしにお任せください」

矢櫃登之助は白い歯を見せた。

三

居合道場の二人は、捨松の別れた妻子の詳しい話を聞くために座敷へ移った。

それをしおに、一枚板の席の二人もやおら腰を上げた。

ただし、家へ帰るのではなかった。このあとのことは、最前《さいぜん》から話をしていた。

「路地のここで帰ったんじゃ、ちょいと後生《ごしよう》が悪いからね」

一色英太郎が言った。

「かといって、端唄《はうた》のお師匠さんはもうお休みだろうし」

本多玄蕃が三味線《しやみせん》をつまびくしぐさをした。

三兄弟の母のおせいは、その名も勢以《せい》の端唄の師匠だ。隠居も暇な寄合も、折にふれて習いにいっている。

隠居はほかにも俳諧《はいかい》や山水画や囲碁《いご》などに巧みで、何をやらせてもうなるような腕を見せる。一色英太郎の端唄はつやがあって、思わず聞き惚《ほ》れるほどだ。

逆に、本多玄蕃は何をやらせてもへぼだった。

「高禄《こうろく》の無駄飯食い」と自嘲《じちよう》しているが、まさしくそのとおりで、暇な寄合の端唄はまるで首でも絞められているかのような声だった。

おせいのひざでは、瑠璃《るり》という名の恰幅《かつぷく》のある猫がいつも落ち着いている。物に動じない老猫だが、本多玄蕃の端唄が響きだすや、くわばらくわばらとばかりにそそくさと逃げ出してしまうのが常だった。

さて、その二人が向かう先は決まっていた。

むろん、いちばん奥の蕎麦屋《そばや》だ。

「なら、松竹梅膳の相談がてら、ちょいとやぶ梅へ寄ってくるよ」

隠居が座敷に声をかけた。

「なにとぞ、よしなに」

「よろしゅうお願いします」

よろずお助け業の二人が頭を下げた。

「蕎麦は天つゆで食べるわけにゃいかないんで、そっちで出してくれと伝えといてくださいまし」

竹吉が言った。

「承知」

一色英太郎は軽く右手を挙げ、おみかの「ありがたく存じます」の声に送られて寄合とともに天竹を出た。

いちばん奥とはいえ、さほど奥行きのない路地だ。天麩羅屋を出ると、左手の奥に三つ目の軒提灯の紅い灯りが見える。

「締めにたぐる蕎麦はこたえられないからね」

隠居が懐手《ふところで》をして言った。

「さようですなあ。うどんじゃ、いささか胃にもたれるし、つるっと啜《すす》れる蕎麦が何よりです」

と、寄合。

「やぶ梅は、このところ肴《さかな》も気張ってやってるからね」

「そうすると、兄貴たちも負けじといいものを出してくれるので」

「切磋琢磨《せっさたくま》しながら、おいしい料理を出してくれると、客としてはありがたいね」

そんな話をしているうちに、もうやぶ梅に着いた。

「ごめんよ」

「こんばんは」

二人の客がふらっとのれんをくぐると、すぐさま威勢のいい声が返ってきた。

「いらっしゃい」

三兄弟の末っ子、梅吉《うめきち》がねじり鉢巻き姿で笑みを浮かべる。

「いらっしゃいまし」

華《はな》やいだ声がかぶさる。

つれあいのおれんだ。

梅吉は江戸じゅうに名のとどろく蕎麦の名店、団子坂《だんござか》の藪蕎麦《やぶそば》で修業をしていた。いまの「かんだやぶそば」の遠祖に当たる見世だ。

膳のお運び役として、藪蕎麦に来ていたのがおれんだった。いつしか縁が結ばれた二人は、路地のいちばん奥のやぶ梅のあるじとおかみとなって、いつも明るい顔で立ち働いている。

「おや、先生、無沙汰《ぶさた》でございました」

隠居が座敷の先客に向かってていねいに挨拶《あいさつ》した。

「一色どのに本多どのか。今夜は梯子《はしご》ですかな」

髷《まげ》がいくらか白くなっている男が穏やかな笑みを浮かべた。

その前では、崩さぬひざに両手を置き、一人の若者がかしこまっていた。二人のあいだには書き物や筆などがとりどりに置かれている。

「お弟子さんですか？」

本多玄蕃がたずねた。

「さよう。殊勝《しゅしょう》なことに、このわたしに弟子入りしたいと大坂《おおさか》から文《ふみ》を寄越して押しかけてきたんです」

先生と呼ばれた男は、かしこまっている若者を指さした。

「京山《きようざん》先生の名は、上方《かみがた》にもとどろいてるんですね」

寄合とともに一枚板の席に腰かけ、一色英太郎が言った。

「御酒《ごしゆ》でよろしゅうございますか？」

間合いを図って、おれんがたずねた。

「ああ、熱燗《あつかん》で。冷えるから、蕎麦がきなどを」

「いいですな」

本多玄蕃がすぐさま乗ってきた。

「承知しました」

三兄弟の末っ子がさっそく手を動かしはじめた。

梅吉だけまだ三十路《みそじ》になっていない。麺打ち場で蕎麦を打つ姿はそれだけで絵になる、とはもっぱらの評判だ。

「わたしの名前なんぞ、吹けば飛ぶようなものだがね。兄の威光で、遠方から弟子が来たりするんだ」

さりげなくしぐさをまじえて言ったのは、山東《さんとう》京山だった。

名前が出た山東京伝《きようでん》は実の兄で、すでに亡くなっているが、弟の京山はとても五十代の半ばとは思えないほど精気に満ちており、せいぜいまだ四十くらいに見えた。

　本名は岩瀬《いわせ》百樹《ももき》で、号は鉄梅《てつばい》。

　梅つながりで、やぶ梅にしばしば顔を出す。住まいは橋向こうの京橋《きょうばし》だが、健脚だから本所へ来ることなどは苦にならない。そもそも、もとは深川の質屋の次男だから、ここいらは庭のようなものだった。

「でも、京山先生はまだまだこれからいいものをお書きになる方だから」

　隠居が持ち上げる。

「まあ、なんにせよ、上方からわざわざ出てきたのにすげなく追い返すわけにはいかないじゃないか」

　京山は弟子のほうを見た。

「どうだい、大坂から来て、食い物などはやっぱり違うかい？」

　隠居が気安くたずねた。

「へえ……蕎麦のつゆが黒かったので、肝《きも》をつぶしました」

　若者がそう言って心の臓に手をやったから、やぶ梅に笑い声が響いた。

「そりゃあ、江戸から上方へ行ったら、逆に薄くて驚くだろうからね」

「丼《どんぶり》の底が透けて見えたりするんだから」

一枚板の二人の客がさもおかしそうに言った。

蕎麦がきが来た。

蕎麦粉を湯で練ってまとめたものを、やぶ梅では木の葉に見立ててへらで筋をつける。湯を張った椀にそばがきの木の葉を浮かべ、山葵《わさび》を添えたつゆにつけて食す。

蕎麦がきを熱燗の肴にすれば、しだいに体があたたまってくる。冬にはありがたいひと品だ。

座敷にも蕎麦がきが運ばれるころには、それまで硬かった若者の表情もだいぶやわらいできた。

名を辰造《たつぞう》という。

後先を考えずに江戸へ出てきたとあって、いささか危なっかしいが、やる気だけはありそうだった。さしあたっては、京山の使い走りとして身の回りのこともこなすことになっているらしい。

「ところで、先生、本所亭捨松師匠の具合が芳しくないことはご存じでしょうか」

蕎麦がきを平らげたところで、一色英太郎がたずねた。

「ああ、このあいだ天竹で聞いたよ」

山東京山は答えた。

京山は天麩羅とも深い縁がある。何を隠そう、「天麩羅」という字を初めて書いたのは山東京山なのだ。

天明《てんめい》年間（一七八一〜八九）に、大坂から江戸へ利介《りすけ》という男がやってきた。大坂には「つけあげ」という衣をつけて揚げた料理があるが、これを魚でやってみたらどうか。才覚のある男はそう思案した。

さりながら、どういう名をつけて売ればいいか、いくら思案してもはかばかしい案が浮かばない。

そこで、縁あって知り合った戯作者《げさくしゃ》の山東京伝に知恵を借りたところ、居どころを定めぬ天竺浪人《てんじくろうにん》が揚げるのだから「天麩羅」が良かろうということになった。

こうして、利介の屋台には「天麩羅」と初めて記されたのだが、その字をしためたのが弟の京山だったのだった。

もっとも、これが天麩羅という料理名の語源ではなかった。すでに江戸初期から「てんぷら」もしくは「てんぷらり」という名の料理があった。京伝はそれを知っていて、「天麩羅」という字を当てたというのが真相に近いようだ。

では、天麩羅の語源は何か。

これには諸説があるが、有力なのは外来語起源説だ。とりわけ、ポルトガル語で調理を意味するtemperoを起源だとする説はなかなかにもっともらしかった。

こうして、天麩羅とも深い縁がある京山は、顔に憂色を浮かべてさらに語った。

「捨松師匠がいよいよいけないとなったら、最後の花道を飾らせてあげたいっていう話が出ていた。わたしも兄の京伝を送り、碑《いしぶみ》などを建てたりしていたが、せつないものがあるね」

「その捨松師匠の最後の花道になる高座を、貸し切りでやろうという話になったんです」

隠居が告げた。

「ほう、いつだい」

京山はただちに身を乗り出してきた。

「すぐってわけじゃないんですよ、先生。できれば、その最後の舞台に呼びたい人もいるもので」

一色英太郎は、噺家の別れた妻子のことをひとわたり話した。

「なるほど。ひと言女房と娘にわびを入れてからあの世へ行きたいっていうのは人情だねえ」

京山はゆっくりと首を縦に振った。

弟子の辰造も神妙な面持《おもも》ちでうなずく。

「そんなわけで、まだ場所も日取りも決まったわけじゃないんですが……」

「寄席の客には、松竹梅の三種がそろった松竹梅膳を出したらどうかっていう話をしてたんだよ」

本多玄蕃がそう告げて、梅吉の顔を見た。

「承知しました。気を入れて打たせていただきますんで」

梅吉は引き締まった顔つきで答えた。

「天麩羅は蕎麦つゆで食べるっていう手はずだ。真ん中の兄ちゃんがそこんとこをよしなに、と」

隠居も言葉を添える。

「承知しました」

「お寿司も、お醤油の代わりにめんつゆにつけていただいても」

おれんが笑顔で言う。

小町娘の面影が残るおれんと梅吉のあいだには、まだ子はない。かつて授かったことがあるのだが、流してしまってともに悲嘆にくれた。

それ以来、やぶ梅の二人は神信心を欠かさず、ほうぼうへお詣《まい》りに行っている。さりながら、まだ子宝には恵まれていなかった。

「それもひと味違っていいかもしれないね」

隠居も笑みを浮かべた。

そんな按配で、松竹梅膳の段取りはただちに決まった。

「さて、蕎麦がきもいいけど、やっぱりたぐりたいね」

隠居が身ぶりで示した。

蕎麦をいくたびもたぐって啜るしぐさは、本所亭捨松がやると実に真に迫っているという評判だった。

「では、座敷にも」

京山が手を挙げる。

厨《くりや》からいい声が返る。

「はい、承知」

「もり蕎麦を一枚たぐって胃の腑に収めるたびに、だんだんに江戸の人になっていくんだからね」

弟子に向かって、京山は言った。

「はい、ありがたくいただきます」

大坂から来た若者は、そこでやっと笑顔を見せた。

第三章　湯屋と蕎麦屋《そばや》

一

端唄　つまみかんざし
勢以

控えめな看板にそう記されている。

松竹梅の三兄弟の母、おせいの家だ。

間口は狭いが、長屋ではない。鰻《うなぎ》の寝床とまではいかないが、存外に奥行きはあった。

路地の角に松寿司、その斜向《はすむ》かいに天竹。おせいの住まいは、次男の天麩羅屋《てんぷらや》の隣にあった。

息子たちはそれぞれに見世《みせ》を持ち、つれあいももらった。かつては稼ぎが悪い亭主の寅助を支え、引札《ひきふだ》（広告）まで出して端唄《はうた》の弟子を募《つの》っていた。内職のつまみ簪《かんざし》も、問屋に頼みこんで仕事をもらい、遅くまで手を動かしていた。

しかし、気張って働いた甲斐《かい》あって、息子たちはみな立派に育った。もうむやみに働かなくてもいいのだが、せっかく身につけたものは人に教えたい。そこで、無理のない数に弟子を限って、端唄とつまみ簪を教えていた。

おせいの家からつやのある三味線《しゃみせん》の音が響いてくると、ああ、端唄の稽古《けいこ》だなと息子たちはすぐ分かる。

だが……。

いま響いている音は、明らかに妙だった。

端唄の師匠がつまびく三味線にしては、あまりにも下手《へた》だった。そもそも、端唄の三味線は指でつまびくのではなく撥《ばち》を使う。

三味線にさわっていたのは、おせいではなかった。弟子でもない。孫娘にあたる、天竹のおひなだった。

「上手《じょうず》だねえ、ひなちゃん」

目尻にいくつもしわを浮かべて、おせいが言った。

「うん、上手になったよ」

八つのわらべは小さな胸を張った。

「なら、今度はつまみ簪のお稽古をしてみようかね。……ちょいとそこをごめんよ、瑠璃ちゃん」

おせいはひざに乗っていた大きな猫の背をとんとたたいた。

一見するとたぬきに見える毛の長い猫だった。どういう血の混じり方をしたのか分からないが、おせいのひざが大のお気に入りだ。もう十くらいの歳で、動きは敏捷《びんしょう》ではなくなってしまったけれども、黄金色《きんいろ》の目を見開いて景色を見ているさまには風格すら感じられた。

「上手にできないよ、ひなちゃん」

おひなは尻込みをした。

「たしかに、つまみ道具を扱うのはむずかしいけれど」

おせいはそう言って道具に手を伸ばした。

薄く延ばした銅を細く切り、ぐにゃりと曲げて持ちよいようにした道具だ。これを巧みに用いて、色を染めて四角や丸に切った羽二重《はぶたえ》を折り曲げ、糊板《のりいた》の上に並べていく。手先の器用さと根気が要るから、わらべにはいささか荷が重い作業だった。

「かざってもらうのがいいよ」

おひなはまだかむろの髪を指さした。

簪にはまだ早いが、祖母がつくった花や蝶《ちょう》のつまみ簪を折にふれて挿《さ》している。朋輩《ほうばい》と一緒に遊ぶとき、おひなはそれを自慢そうに揺らしていた。

「そうかい。ひなちゃんは小町娘だからねえ」

孫に甘いおせいが言うと、おひなは嬉《うれ》しそうに笑った。

「なら、つまみ簪はもう少し大きくなってからだね」

「うん」

孫娘がうなずく。

「大きくなったら、おっかさんに教わって、天麩羅屋のお手伝いもしないとね」

「しない」

おひなは首を横に振った。

「そんな言い方は良くないよ。天麩羅屋さんに生まれたんだから、お手伝いをして、看板娘にならないとね」

おせいはそうたしなめた。

「……する」

少し考えてから、おひなはこくりとうなずいた。

「いい子だね、ひなちゃんは。いい子には、お菓子をあげよう」

おせいは隠してあった麩菓子《ふがし》を取り出した。

「わあい」

わらべの声が弾んだ。

おひなが喜んで食べているあいだ、おせいはつまみ道具を動かし、花びらを一枚ずつていねいにつくっていった。

いつのまにか、猫の瑠璃がひざに戻っていた。半眼になって、道具の動きを物憂《ものう》げに追っている。

「鶴松お兄ちゃんと、昨日も遊んでもらってたね」

おせいが言った。

鶴松はいとこに当たるが、まあお兄ちゃんのようなものだ。

「うん。こま回しをしてくれたよ」

おひなはそう言って、指についた麩菓子の粉をなめた。

「声がよく聞こえてたよ。ここは行き止まりの路地で、荷車が入ってこないから按配がいいね」

おせいの言うとおりだった。少し歩いて両国橋の東詰に出れば、大八車が行き交う。とてもわらべたちは遊べないが、この路地なら安心だ。

おせいの右目はだいぶ見えづらくなってきたが、左はまだ大丈夫だった。杖《つえ》を頼れば、足もなんとか動く。ときには両国橋のたもとまで散歩し、川風に吹かれながら大川の景色をながめてくることもあった。

もっとも、いまは風が冷たい。こうして家で猫をぬくぬくとひざに乗せているのがいちばんだ。

「でも、ひなちゃん、こま回しできないよ」

おひなは口をゆがめた。

「そりゃあ、女の子だからね。こま回しは男の子のほうが得意だよ」

と、おせい。

「鶴松お兄ちゃんは、男の子じゃないよ」

わらべの言葉は少し足りなかった。

「そうだね。もう男の子じゃないね。松寿司の立派な跡取りさんだから」

おせいが笑う。

「うん」

鶴松のことを自慢に思っているのか、おひなは力強くうなずいた。

二

その鶴松は、丑次郎の長屋にいた。

足が悪い師匠のもとへ、寿司桶《おけ》を毎日届けている。松吉が届けることもあるが、このところは息子の鶴松に任せていた。

いつも喜んで食べてくれるわけではない。同じように握っているつもりなのだが、ときには文句を言われる。師匠にとってみれば、文句を言うのが息抜きのようなものだと料簡《りようけん》はしているのだが、やはり叱《しか》られ役は気分が悪い。

というわけで、鶴松がその役を押しつけられることが多かった。

「ここんとこ、ちらしが多かったがよ、握りをやんねえと腕が上がんねえぜ」

丑次郎はそう言って、鮪《まぐろ》のづけの握りを口中に投じた。

松寿司が始めたわけではないのだが、鮪の赤身を醤油《しようゆ》地につけて味をしみこませてから握った寿司はなかなかの評判だった。

もともと、鮪はいまと違って下魚《げざかな》とされていた。与兵衛鮨などの名高い見世では出さない種だが、松寿司は「屋台の寿司の気安さを見世でも」という考えでやっているから、鮪も構わず使っていた。

「ちょいと辛《から》すぎたかと、おとっつぁんは言ってましたが」

鶴松は恐る恐るたずねた。

まだ駆け出しの若者にとってみれば、丑次郎は父よりはるかにおっかない大師《おお》匠だ。

「酒の肴《さかな》にするにゃ、辛いほうがいいだろうよ」

丑次郎は駄目を出さなかった。

もともと、鮪のづけは、味というよりも保《も》ちを良くするために案じ出されたものだった。のちに、恵比須《えびす》鮨という屋台が派手に売り出して当たりを取ったが、一部の寿司職人にはすでに知られていた技だ。

「なら、この味で、と伝えてきます」

鶴松は腰を浮かせた。

「まあ、もうちょっといいじゃねえか。見世は忙しいのかい」

丑次郎は手を挙げてとどめた。

ときには寿司に文句もつけるが、やはり孫のような若者が来てくれるのはありがたいことだ。

三日に一度、松吉と鶴松が湯屋へ運び、背中を流してくれるたびに生き返るような心地がする。立ち仕事ができなくなってしまって、この世にいても仕方がないと思ったこともあるが、丑次郎はすっかり料簡を改めた。

「いえ、仕込みはおとっつぁんがやってるんで」

鶴松がまた腰を落ち着ける。

「だったら、あと四半刻《しはんとき》（約三十分）くらいここにいな」

「はい」

鶴松は殊勝《しゅしょう》にうなずいた。

「ここんとこ、松吉が何か思案をしてる寿司はあるかい」

大師匠がたずねた。

「これといった種はないんですが……宴《うたげ》のための大桶をどうするか、おっかさんと思案してます」

「ほう、大桶か」

鮪のづけ寿司を食べ終えた丑次郎は、煙管《キセル》を口にくわえた。

「そうなんで。桶の中身はみんな握りでもいいんですが、仕切りをうまく使って、巻き物やちらしもまぜていったら華《はな》があっていいんじゃないかと」

「なるほど、そいつぁいい思いつきだ」

丑次郎はそう言って、火鉢の縁に煙管を軽く打ちつけた。

前に骨董市《こっとういち》で買った頑丈な火鉢で、寒山拾得《かんざんじっとく》の絵はいたって下手だが、青の発色だけはそれなりに美しい。

「それから、本所亭捨松師匠がうちでやる最後の高座に、松竹梅膳を出そうっていう話がありまして」

鶴松が告げた。

「ずいぶん具合が悪いんだってな」

元寿司職人の顔が曇った。

「そうなんで」

「松竹梅膳ってことは、三つの見世の品が寄り合うわけだな？」

丑次郎はたずねた。

「そのとおりです。初めは、葉っぱや紙で仕切りをつくろうかっていう話だったんですが、それだと油が蕎麦《そば》のほうへしみていったりするかもしれないんで」

身ぶりをまじえて、鶴松は言った。

「なら、あらかじめ仕切りをこさえとくんだな」

丑次郎はそう言って、ぽんと煙管の灰を落とした。

「おとっつぁんもおっかさんも、そうするつもりみたいです。器代がいくらかかかるみたいですけど」

「背に腹は代えられねえや」

「はい」

鶴松はうなずいた。

「でもよう、ふらふらしてるうちのせがれとはえれえ違いだな。松吉の野郎がうらやましいぜ」

丑次郎は愚痴《ぐち》をこぼした。

「はあ」

鶴松はあいまいな顔つきになった。

大師匠の息子の丑蔵が悪い仲間と付き合っているらしいという話は、十四の若者の耳にも入っていた。

「べつにもう寿司屋をやらなくったっていいや。おめえんとこがちゃんとやってんだからな」

丑次郎はまた煙管を火鉢に打ちつけた。

その音は、前よりだいぶ高かった。

「とにかく、お天道《てんと》さんに顔向けのできねえことだけはしてくれるな、と思ってるんだがよう」

もと寿司職人の顔がゆがんだ。

「まあいいや。おめえに愚痴をこぼしたってしょうがねえ」

丑次郎は半ば独りごちるように言った。

三

湯屋は二ツ目之橋を渡ったところにある。

河岸《かし》で働く者たちから、本所に多く住む微禄《びろく》の武士たちまで、湯屋を使う客は多い。日の暮れがたになると、湯船につかるのも番を待たなければならないほどの混みようだった。

湯屋の楽しみは湯につかることだけではない。

二階に上がり、茶を呑んだり菓子を食べたりする。下手な将棋《しょうぎ》を指す。

おのずと顔なじみができるから、ただ無駄話をするだけでも恰好《かっこう》の息抜きになった。

「おや、師匠」

「大丈夫ですかい？」

両脇を支えられて、ようよう階段を上がってきた噺家《はなしか》を見て、なじみの大工衆が気遣《きづか》わしげな声を発した。

「なんとか、やらしてもらってまさ」

本所亭捨松は笑みを浮かべた。

「はい、師匠。座布団で」

「ゆっくり座ってくだせえ」

弟子の捨三とその相棒の大八が、枯れ木のような体つきになってしまった噺家を座布団に座らせた。

「えー、毎度毎度の馬鹿馬鹿しいお笑いで……」

噺家の業《ごう》と言うべきか、座布団の上に座るなり、本所亭捨松は笑いを取ろうとした。

だが……。

かつては口を開いただけで皆の衆のまなざしを一身に集めた甲高《かんだか》い声は、だいぶかすれていて張りもなかった。

「無理にやんなくったっていいからさ、師匠」

「そうそう。湯上がりなのに、顔色が悪いぜ」

先客の大工衆から案じられる始末だった。

捨松は何とも言えない顔つきになった。

むかしは「えー……」と口を開いただけで笑いが起きた。

「まだ何もしゃべっちゃいませんよ」

すぐさまそう返したりしていたものだ。病み衰えた噺家に、昔日《せきじつ》の面影はどこにもなかった。

「さ、師匠、お茶を」

弟子が湯呑みをすすめる。

「ああ……すまねえな」

捨松は渋い番茶を啜《すす》ると、ほっと一つため息をついた。

「今度は負けねえぜ」

「なに、返り討ちにしてやらあ」

大工衆は将棋を始めた。

以前は人だかりができたほどの人気者の周りは寂しかった。

階段のほうから足音が響き、湯屋のあるじの谷助《たにすけ》が上がってきた。

「おっ、師匠、いい顔してるじゃないですか」

本所のお祭り男が調子良く言う。

谷底に落ちて難儀をしている人を助けるようにという妙な願いをこめて親がつけた名前だが、「おかげで人生、谷ばっかりでさ」とは湯屋のあるじの口癖だ。

「なんとか、まだ生きてまさ」

いくらか自嘲《じちょう》気味に、本所亭捨松は答えた。

「本所でいちばんの噺家なんだから、良くなってもらわねえと」

こちらは張りのある声で言う。

（いらっしゃいまし。冷えますね……）

下の番台から、おかみのおやえの声が響いてきた。

声の通り方はあるじといい勝負で、当人たちは普通にしゃべっているつもりなのだが、はたで聞いているとかなりうるさい。喧嘩《けんか》をしているように聞こえることもある。まあ似たもの夫婦だ。

うるさい両親の声を聞いて育ったせいか、跡取り息子の山助《やますけ》はいたって物静かだった。必ずしも名は体を表さない。

「そうですよ、師匠。最後の高座も決まったことですし」

弟子が励ますように言った。

「最後って、噺家をやめるのかい？」

谷助が意外そうに問うた。

「いや、あたしゃ、死ぬまでやるつもりだったんですが……」

本所亭捨松は寂しげに笑った。

「まずは体を治してもらわないといけないんで、ひとまずここで中仕切りにしてもらおうと、松竹梅のほうで膳立てをしてるんでさ」

弟子が言葉を継いだ。

本所のここいらでは、松竹梅といえば「松寿司、天竹、やぶ梅」のことだとすぐさま通じる。

「なるほど、中仕切りで」

湯屋のあるじがうなずいた。

「どこかを貸し切ってやるそうですよ」

と、大八。

「離れて暮らしてる師匠の娘さんも呼ぼうっていう話になって、段取りが進んでるところなんで」

捨三はそう告げた。

「ほう、そいつぁいいや」

谷助は大仰《おおぎょう》に手を打ち合わせた。

「来てくれねえとは思いますがね。あたしゃ、勝手ばっかりやってたもんで……」

捨松はそう言うなり、にわかに咳《せ》きこんだ。

弟子が背中をさすってやる。

「で、どの辺まで段取りが進んでるんです?」

湯屋のあるじはなおもたずねた。

「居合道場の矢櫃《やびつ》先生がもう大山へ向かってるんです。おっつけ、いい知らせを持って帰ってきてくれるでしょうよ」

願いをこめて、捨三は言った。

病み衰えた噺家は、どうあっても蕎麦を食べたいと言った。屋台のふにゃふにゃした蕎麦ではいけない。やぶ梅のこしのある手打ち蕎麦をたぐりたい。

四

「なら、おんぶして行きまさ」

弟子が無理に笑顔をつくって言った。

「つらくなったら、おいらが代わってやるからよ」

大八が和す。

「そうかい、すまねえな」

湯屋を出たところで、捨三はその背に師匠を乗せた。

かつてはいくらか腹が出ていた本所亭捨松は、驚くほど軽かった。おかげで難儀はせずに済んだが、弟子は何とも言えない心持ちだった。

「あいつを、おぶって、湯屋へ行った」

やぶ梅へ運ばれながら、噺家はむかしのことを語りだした。

「娘さんをですかい？　師匠」

弟子が問う。

「そうだ……大きくなっただろうな」

捨松はしみじみと言った。

「きっと来てくれまさ」

脇をゆっくりと歩きながら、大八が声をかけた。

噺家は答えなかった。

わずかに首を縦に振っただけだった。


やぶ梅には、先客がいた。

「おお、これは師匠。具合はいかがですか？」

小上がりの座敷から、つややかな総髪の男が声をかけた。

医者の山崎信庵《やまざきしんあん》だ。

小者を伴い、薬箱も置かれているところを見ると、往診の帰りにふらりと立ち寄ったらしい。信庵は本所亭捨松のかかりつけの医者だから、ここでばったり会ったのは按配が良かった。

「なんとか……」

と答えたきり、噺家は言葉に詰まった。

弟子の背に乗ってここまで来ただけだが、冷たい風に吹かれたから、気分はあまり芳《かんば》しくなかった。

「まあ、とにかくこちらへ。落ち着いたら脈を診《み》ましょう」

信庵は言った。

座敷が手狭になるから、大八と信庵の小者をつとめる留三《とめぞう》が一枚板の席に移った。

「いらっしゃいまし」

まずは、おれんが湯呑みを運んだ。

体の芯から冷える晩は、熱い番茶がありがたい。

「いつものでよろしゅうございますか？　師匠」

おれんは問うた。

いつもの、とは、もり蕎麦だ。

蕎麦をたぐって、濃いつゆにほんの気持ちだけつけ、ずずずっと音を立ててうまそうに啜る。

高座では、扇子《せんす》一本で見事に演じてみせる。見えないもり蕎麦をあまりにもうまそうに食べるふりをするものだから、捨松の芸を観たあとは蕎麦屋が繁盛《はんじょう》するとまことしやかに言われていたほどだった。

しかし……。

今夜の注文は違った。

「……蕎麦がき」

弱々しい声で、噺家は頼んだ。

「師匠が、蕎麦がきですかい？」

厨から、驚いたように梅吉が声をかけた。

「ああ……あったかいものが、食いたくなった」

捨松はそう言って、ゆっくりと湯呑みを口元へ運んだ。

「それが何よりですよ」

信庵がうなずいた。

蕎麦がきが来る前に、医者は病人を診た。

脈を取り、心の臓の音を聞き、目とべろを診る。

「……いいでしょう」

信庵は言った。

「とにもかくにも、精のつくものを召し上がってください。体を冷やすものはいけませんから、蕎麦がきはいいでしょう」

医者は笑みを浮かべた。

蕎麦がきが来た。

やぶ梅の皆が見守るなか、噺家は蕎麦がきを少しかんで口中に投じた。

「奥山《おくやま》の見世物じゃねえんだから」

捨松はいったん箸《はし》を置き、変な顔をつくってみせた。

笑い上戸《じょうご》のおれんは素直に笑い声をあげたが、あとの面々はわずかに表情を崩しただけだった。こんなに衰えてしまっても笑いを取ろうとする噺家の姿は、いささか痛々しかった。

「んなこと言ってないで、食ってくださいよ、師匠」

捨三がうながす。

「ああ……」

捨松は再び箸を取った。

だが、さほどの量ではない蕎麦がきを食べきることはできなかった。

「おめえ、食え」

半ばほど残して、弟子に椀を渡す。

少し迷ってから、捨三はそれを受け取った。

「……いただきます」

いくらかふるえる声で告げると、弟子は何かを思い切るように、残りの蕎麦がきをわっと食べだした。

第四章　霙《みぞれ》の晩

一

終日降りつづいた雨が、日の暮れがたに霙《みぞれ》に変わりはじめた。

一ツ目之橋を渡り、路地に入ると、本所方同心の一色信兵衛は番傘《ばんがさ》をすぼめた。

今日は船着き場の普請《ふしん》でいくらか取り込み事があり、まだ晩飯にありついていなかった。このあたりで手早く空腹を満たすなら、まずは松寿司だ。

「ごめんよ」

のれんをくぐるなり、客の表情がいくらかやわらいだ。

「おや、父上、いらしてたんですか」

先客を見て、本所方の同心は言った。

「おう、ご苦労だな」

元本所方同心の一色英太郎が言う。

「お役目、ご苦労さまでございます」

「お寒かったでしょう」

松吉とおとしが笑顔で声をかけた。

「旦那《だんな》、先にやらせてもらってます」

「これから夜廻りなんで、あったけえものをと」

火消し衆の一人が徳利をかざした。

「そんなら、茶でいいじゃねえか」

同心が笑う。

「いや、酒のほうが保ちがよござんしょう」

「へべれけになるまでは呑みませんから」

そろいの半纏《はんてん》の火消し衆が言った。

かしらが花介《はなすけ》、その息子の花造《はなぞう》が纏《まとい》持ちだから、ここいらでは花組と呼ばれている。父親が盆栽《ぼんさい》の花を育てるのが趣味だったから花介と名づけた。

「女みてえな名前で、恥ずかしいこって」

と、人前では顔をしかめてみせるが、せがれにも花の一字をつけたところを見ると存外に気に入っているのかもしれない。

もともと、火消しは八丁堀《はっちょうぼり》の与力、相撲取《すもうと》りと並んで江戸の三男《さんおとこ》と称せられる人気者だ。それに加えて、名は体を表す花のような美形で、歌舞伎《かぶき》役者を彷彿《ほうふつ》させるほどだったから、花介が率いる花組はことに人気が高かった。

大川より西の江戸の町は、いろはを配した組に分かれていたが、東の本所深川は違う。南、北、中の大組が三つあり、そのなかでまた小組に分かれている。ただの数字だけではさえないから、花介の花組のように通り名を持つ組も少なくなかった。

「人が呑んでるのをみると呑みたくなるな……熱燗《あつかん》を一本」

一色信兵衛は指を一本立てた。

「へい」

鶴松がさっそく酒樽《さかだる》に歩み寄る。

「それから、見繕《みつくろ》って握りをくんな。腹が減ってるんだ」

本所方の同心が告げた。

「承知。いい平目《ひらめ》が入ってますので」

松吉が答える。

「いいね。どんどん握ってくれ」

一色信兵衛は身ぶりをまじえて言った。

その後は父の隠居を相手に、しばらく普請の話が続いた。普請場の見廻りは火消し衆にとっても大事なつとめだ。火が燃え移ったら剣呑《けんのん》そうなところには、あらかじめ目をつけておかなければならない。

「ああ、江戸前の平目はうめえな」

三つほど続けざまに握り寿司を胃の腑《ふ》に落とした本所方の同心が、感に堪えたように言った。

「寒い時分は、身がこりこりしてるからな。……まあ、呑め」

父の隠居が酒を注いだ。

軽く手刀を切り、息子が猪口《ちょこ》を口元に運ぶ。

それにならったのかどうか、座敷でも火消しの親子がさしつさされつを始めた。

こちらは寿司をひとまず終え、あぶった烏賊《いか》などを肴《さかな》に呑んでいる。寿司ばかりでなく、松寿司は肴も筋がいいと評判だ。

「ま、今日はとりあえずここまで泰平だな」

花介が機嫌良さそうな顔で言った。

「泰平じゃなくちゃ困るぜ」

一枚板の席から半身《はんみ》を返し、本所方の同心が言った。

だが……。

その泰平は、たちまち打ち破られた。

ばたばたと足音が響いたかと思うと、息せき切って松寿司に飛びこんできた者がいたからだ。

「大変だ、兄ちゃん」

姿を現したのは、天竹のあるじの竹吉だった。

「どうした、竹」

松吉が問う。

一つ咳《せき》をしてから、竹吉は告げた。

「丑蔵のやつが、うちへ逃げこんできたんだ」

二

「丑蔵が逃げこんできたって？」

本所方の同心の顔色が変わった。

「なんでも、押し込みの仲間に入れられそうになったんで、隙を見て逃げてきたんだとか」

竹吉が告げる。

「そりゃ大変《てえへん》だ」

「追っ手は来てるのかい」

座敷の花組が腰を浮かせる。

「いえ、なんとか巻いてきたって言ってますが」

と、竹吉。

「とにかく、早く行ってやれ」

隠居が息子に告げた。

「はい」

一色信兵衛がすぐさま動いた。

「おれらはしばらく見張ってるぜ」

かしらの花介が言った。

「もし追っ手が来たら、路地の入口で通せんぼだ」

纏持ちの花造が若い衆に言う。

「へい」

「合点で」

すぐさま声が返ってきた。

これで話が決まった。

「お気をつけて」

案じ顔の松寿司の二人と隠居に見送られ、一同は斜向《はすむ》かいの天竹に向かった。


丑蔵は座敷の奥で茶を呑んでいた。

湯呑みを持つ手がふるえている。それは遠くからでもわかった。

「おお、一色の旦那、えれえことで」

船大工の卯之助が言った。

「とんだことになっちまった」

仲間の善三が和す。

「押し込みの連中から抜けてきたんだってな。それは今夜やる手はずだったのか？」

一色信兵衛は口早に問うた。

丑蔵は湯呑みを置き、二、三度、首を横に振った。

まだ歯の根が合わないらしく、言葉が出てこない。

「押し込みって、なあに？」

やっと外が暗くなった頃合いだ。おひなはまだ起きていた。

「ひなちゃんには関わりがないことだからね。静かにしてようね」

母のおみかが口の前に指を一本立てた。

「……うん」

八つの娘は、いくらか不承不承《ふしょうぶしょう》にうなずいた。

「酒にするかい？　丑蔵さん」

竹吉が声をかけた。

丑蔵は、今度は首を縦に振った。

ほどなく、火消し衆と隠居が天竹に顔をのぞかせた。火消し衆は路地の入口を見張るために戻り、隠居だけが残って一枚板の席に座る。

冷や酒をきゅっとあおると、丑蔵はやっと人心地がついたようで、かすれた声でいきさつを語りだした。

「今夜、押し込みをやるわけじゃねえんで。おいらに、引き込みをやれと……」

引き込みとは、押し込むあたりをつけた見世《みせ》に何食わぬ顔で入りこみ、暮夜《ぼや》、ひそかに錠《じょう》を外したりする役目のことだった。

「どんなやつに言われたんだ？」

本所方の同心が問うた。

「向島《むこうじま》の賭場《とば》で知り合った男でさ。初めはだいぶいい目が出てたんですが……」

「だから、おめえは馬鹿なんだ」

古くからの付き合いの卯之助が吐き捨てるように言った。

「そうそう。初めだけいい思いをさせるのは、あいつらの決まり決まったやり口じゃねえかよ」

善三も口をとがらせる。

「……面目《めんぼく》ねえ」

丑蔵はがっくりとうなだれた。

細みの本多《ほんだ》に結った髷《まげ》が痛々しく見えた。寿司屋を継ぐことを嫌い、好き勝手にふらふらしているうちに、とんだことになってしまった。

「やってしまったことは仕方がない。これからどうするかだ」

一色信兵衛が言う。

「へい……」

丑蔵は弱々しくうなずいた。

「どこへ押し込む算段をしてたんだ？」

本所方の同心は問うた。

「小網町《こあみちょう》の線香問屋の熊野屋《くまのや》で。口入れ屋に話をつけて、おいらが入るところまで決まっちまって」

丑蔵はそう明かした。

「線香問屋か。渋いところを狙うな」

隠居が半ば独りごちるように言って、猪口の酒を呑み干した。

「先代から手堅いあきないで、ずいぶんと銭を貯めてるっていう話で」

丑蔵が告げる。

「そこへ押し込みをかけようってんだ」

「ふてえやつらだぜ」

船大工たちが顔をしかめた。

「で、押し込みをたくらんでるかしらの名は？」

本所方の同心が問うた。

「それが……分からねえんで」

丑蔵は泣きそうな顔で答えた。

「分からない？」

「へい。賭場で知り合った宗八《そうはち》っていう男がいつも前に立ってて、そいつとばかりしゃべってたもんで」

丑蔵は本当にかしらがだれか知らないようだった。

たしかに、怖《お》じ気《け》づいて逃げるかもしれない男に向かって、軽々しくかしらの名を告げることはないだろう。丑蔵の言葉に嘘はなさそうだった。

「なら、その宗八っていう男の人相風体《ふうてい》は？」

一色信兵衛はそう言って、ふところから矢立を取り出した。

本所方の同心は捕り物をしないが、橋向こうの町方に折にふれて申し送りをして網を張るようにしている。ことに、北町奉行所の廻り方同心、安永鉄之助《やすながてつのすけ》は道場仲間で気心が知れていた。

酒をまたあおると、宗八の人相風体について、丑蔵はくわしく述べはじめた。

「さ、ひなちゃん、もう日が暮れたから、おねんねしようね」

おみかがそううながした。

「ねむくない」

八つの娘が首を横に振る。

「わがまま言わないの。そうそう、今夜はお化けが出るんだよ」

おみかはそう言って、鯊《はぜ》を揚げはじめた竹吉のほうを見た。

「そろそろ卒塔婆《そとば》が揺れだしたころだな」

竹吉が心得顔で言った。

「ほんと？」

おひなが首をすくめた。

「ほんとさ。もうそこまで来てるぞ」

竹吉は身ぶりをまじえて言った。

「ひなちゃん、ねる」

怖がりのおひなは奥へ逃げていった。

おかげで、少しだけ雰囲気がなごんだ。

表のほうから、声が聞こえてきた。すわ追っ手かとみな身構えたが、路地の入口で見張っている火消し衆の声の調子はとがっていなかった。

だれが来たのか、ほどなく分かった。

「大変なことになったね」

そう言いながらのれんをくぐってきたのは、山東京山だった。

三

「根掘り葉掘り、いろんなことを訊《き》かれたんでさ。おめえのおとっつぁんはどこに住んでるのかとか」

酒でいくらか赤くなった顔で、丑蔵は言った。

「そりゃあ、よくないね」

隠居の顔が曇る。

「ひょっとして、おとっつぁんのところへ……」

丑蔵は何とも言えない顔つきになった。

「火消しのかしらにつないできます」

一色信兵衛がすっと立ち上がり、京山に会釈《えしゃく》をしてから表へ出ていった。

「おまえさんは一人ものかい？」

座敷に詰めて座った京山が柔和な表情でたずねた。

今日も荷物持ちとして弟子の辰造が付き従っている。座敷のいちばん隅で、邪魔にならないようにかしこまっていた。

「へい……ふらふらしてたもんで、寝るとこもなくて」

丑蔵が答える。

「おとっつぁんの住まいを教えたのは馬鹿だったな」

卯之助が吐き捨てるように言った。

「そうそう。人質に出すようなもんじゃないかよ」

善三が続く。

「どこまで親不孝をすりゃ気が済むんだよ」

「いいかげん、料簡《りょうけん》を改めな」

船大工たちに説教された丑蔵は、おのれの過ちと情けなさを思い知ったのか、とうとう着物の袖《そで》を顔に当てて泣きだした。

「まあしかし、押し込みの手下にされそうなところを逃げてきたんだから、ここからやり直せばいいさ」

京山が言った。

ここに至るまでに、京山もいろいろ苦労をしてきた。養家とうまくいかず、二度も離縁している。それだけに重みがあった。

「でも、いったいどうすりゃ……」

丑蔵はかすれた声で言った。

「これでも食べて、元気を出してくださいな」

おみかが座敷へ天麩羅《てんぷら》を運んできた。

天竹の天麩羅の種は海のものばかりではない。畑のもの、山や林の恵みもさくさくした天麩羅に変えている。

ことに評判がいいのは、甘藷芋《かんしょいも》の天麩羅だ。十分に火を通し、きつね色に揚げた甘藷芋の天麩羅は、ほくほくしていて実にうまい。

「おまえもいただきなさい」

京山が弟子に言った。

「へえ、頂戴します」

大坂から来た押しかけ弟子が、さっそく箸《はし》を伸ばした。

丑蔵も口に運ぶ。

さくっ、と甘藷芋の天麩羅をかむ。

天竹の揚げ粉には米粉をまぜている。だから、せんべいとも一脈通じる歯ざわりの良さだ。

「うめえ……」

喉の奥から絞り出すように、丑蔵は言った。

その目尻からほおへと、一滴の水ならざるものが、つ、としたたっていく。

天麩羅の味、とりわけ、甘藷芋の甘みが心にしみた。

本所方の同心が戻ってきた。

「もう大丈夫だ。火消しの若い衆が見張りに向かったから」

丑蔵に向かって告げる。

「相済まねえことで……」

一色信兵衛に向かって、丑蔵は深々と頭を下げた。

「頭を下げるのはおれじゃないぞ」

「そうそう。おとっつぁんに謝らなきゃな」

「つらを一発張られてこい」

船大工たちが言う。

「でも、おとっつぁんのとこに転がりこむわけにゃいかねえ。おとっつぁんがおいらのとばっちりを受けでもしたら……」

　丑蔵の顔が苦しげにゆがんだ。

「だったら、うちへ来ればどうかな」

　京山が言った。

「わたしもそう言おうと思ってたんですが」

　隠居が笑みを浮かべた。

「うちは京橋だから、悪い連中の縄張りから外れてるだろう」

「でも、先生のご迷惑になっては……」

　丑蔵は尻込みをした。

「なに、遠慮をすることはないさ」

　京山が気安く言う。

「町方につないで、先生のお住まいを見張らせることにしましょう」

　一色信兵衛が言った。

「でも、盗賊が襲ってきたらどうします？」

　まだ片づかない表情で、丑蔵はたずねた。

「うちは住みこみの者もいるし、十分に用心しているから」

京山がそう答えると、丑蔵は少し安堵《あんど》の表情になった。

「口入れ屋に顔が利くからね。明日にでも紹介してあげよう。おまえさんは、べつに戯作者《げさくしゃ》になろうってんじゃないんだろう?」

京山が問う。

「まさか……おいら、ろくに字も書けねえくらいで」

丑蔵はあわてて手を振った。

「だったら、先生と一緒に帰りな」

卯之助がうながす。

「へい、なら……」

丑蔵はさっそく腰を浮かせた。

「おいおい、来たばっかりだよ、もう少し待っておくれでないか」

京山が笑みを浮かべた。

「なら、先生が御酒《ごしゅ》と天麩羅を召し上がっているあいだに、寄るところへ寄っておけばいいかがでしょう」

おみかがぼかしたかたちで水を向けた。

「いいこと言うね、おかみ」

隠居が猪口を置いた。

「この機に、いままでの親不孝を精一杯わびておきなさい。そして、明日から真人間に生まれ変わるんだ」

隠居の言葉に、丑蔵はいくたびもうんうんとうなずいた。

「なら、善は急げだ。おれもついていってやるから」

本所方同心が、まず腰を上げた。

四

丑次郎の長屋の前では、花組の纏持ちの花造と二人の若い衆が見張っていた。

「ご苦労さん」

一色信兵衛が声をかけた。

そのうしろに、丑蔵が殊勝《しゅしょう》な顔で続いている。

「丑次郎さんには話をしときました」

「中で待ってまさ」

火消し衆が告げた。

「そうか」

本所方同心がうなずく。

「おいらがちゃんと見張ってますんで」

花造が右手に握ったものをかざした。

今夜手にしているのは纏ではない。硬い樫《かし》の棒だ。

「頼むぞ」

「へい」

見張りは火消し衆に任せ、丑次郎の住まいに入った。

「すまねえ、おとっつぁん……」

丑蔵はそう言うなり、土間に両手をついた。

やにわに雷が落ちるかと思いきや、案に相違した。

「目が覚めたか、丑蔵」

元寿司職人の声音《こわね》は、存外に穏やかだった。

「ああ」

何とも言えない息を含む声で、丑蔵は答えた。

「せがれがとんだご厄介《やっかい》をおかけしました、旦那」

丑次郎はずっと年下の同心に頭を下げた。

「なんの。今夜は京橋の山東京山先生のところに身を寄せてもらう手はずになってますから」

「さようですか。先生にもよしなにお伝えくださいまし」

丑次郎はていねいに言うと、また息子のほうを見た。

「懲《こ》りたか」

短く言う。

「ああ……懲りた」

丑蔵は答えた。

「べつに、寿司屋じゃなくったっていい。おれも強く言いすぎた」

父の言葉を聞いて、丑蔵はまたぽろぽろ泣きだした。

いままでいいかげんな人生を送ってきたが、今度という今度はわが身の愚かさが骨身にしみた。

「とにかく、お天道《てんと》さんに顔向けできねえことだけはしてくれるな」

丑次郎はさとすように言った。

丑蔵がうなずく。

「よし、これで決まった」

本所方同心が手を打ち合わせた。

「次は、ちゃんとしたなりで会いに来るからな、おとっつぁん」

涙をふいて、丑蔵は言った。

「ああ、ほとぼりが冷めたら来な。今度は酒でも呑もうぜ」

丑次郎は父の顔で笑った。

第五章　職人の指

一

「おれなんかと一緒じゃ、気詰まりじゃねえかい?」

丑次郎がたずねた相手は、松寿司の鶴松だった。

「いえ、毎日細かいことも教われますんで」

親より背が高くなった跡取り息子が答える。

「嬉《うれ》しいことを言ってくれるじゃねえか。とんだ厄介者《やっかいもの》なのによ」

丑次郎が言った。

「いえいえ、とんでもないことでございますよ、師匠」

松寿司のおかみのおとしがあわてて言う。

「ええ、師匠が高座で実演してくださるおかげで、お客さんが前より目に見えて増えましたから」

松吉が指さしたところには、なるほど、噺家《はなしか》が座る高座のようなものがしつらえられていた。

「おれらの腕が役に立ったな」

「これくらい、船大工にゃ朝飯前だから」

卯之助と善三が言った。いまは丑次郎と同じ座敷に陣取って呑んでいる。

本所亭捨松の最後の高座がいつになるか、まだ決まってはいなかった。噺家の別れた女房と娘に知らせに行った矢《や》櫃《びつ》登之助がなかなか相州から戻ってこないのだ。仮に話がまとまっていたとしても、女の足だから江戸までは時がかかる。ここはじっと待つしかなかった。

ただ、段取りだけは進めておくことにした。

最後の舞台だから、ことに演者が映えるようにと、船大工たちが腕によりをかけて新たな高座の台をつくってくれた。腕のいい船大工は実入りがいいから、木を調達するのは造作もないことだ。

さて、丑蔵は手はずどおり、山東京山の京橋の家にやっかいになることになった。一色信兵衛同心もついていき、町方にわけを話してくれぐれも間違いのないようにと根回しをしておいた。さらに、丑蔵を悪い道に引きずりこもうとした宗八という男の似面《にづら》も渡しておいた。

そこで、相談になった。

丑蔵はひとまず安心だが、父親の丑次郎を一人にしておくわけにはいかない。なにしろ、丑蔵が悪党の手下として動いていた男に訊《き》かれて、父の居場所をしゃべってしまっているのだから。

もしものことがあったら大変だからと、松竹梅の三兄弟と火消し衆が掛け合いに行き、ほとぼりが冷めるまで丑次郎に松寿司に住んでもらうことになった。

そこへ、ちょうど新たな高座の台が運ばれてきた。

「これなら、座り仕事で寿司を握れますよ、師匠」

半ば戯《ざ》れ言《ごと》で松吉はそう声をかけたのだが、丑次郎はならばとばかりに乗ってきた。

足を悪くして厨《くりや》での立ち仕事はできなくなってしまったが、高座に座って寿司を握るのなら話はべつだ。

「なら、久々にやってみるかな」

丑次郎は大いに乗り気だった。

それなら、鶴松のためにもなるし、なにより師匠の気の張りになる。松吉とおとしはさっそく膳を整えた。

悪党どもに知らせることになってはと、貼り紙のたぐいは出さなかったが、丑次郎の握りは口から口へと伝えられて評判を呼んだ。

ほろっ、としゃりがほどける握りかげんもさることながら、あとを引く穴子《あなご》の握りに塗るつめなども絶品だった。

生《しょう》のものばかりではない。浅草海苔《のり》をあぶってぱりっとさせてから巻いたお新香巻きなどは、わらべ連れの客にもずいぶんと好評だった。

「なんだか、奥山の見世物《みせもの》みてえだがよ」

そう言いながらも、丑次郎の顔つきはどこか得意げだった。

「いや、銭が取れる芸だから」

「そうそう、指さばきも味のうちだ」

船大工たちが掛け合う。

「持ち上げたって、しゃりは増えねえぜ」

丑次郎はそう言って目尻にしわを寄せた。

そんな按配で、瓢箪《ひょうたん》から駒が出たかたちではあるが、かつての名人はまた寿司を握るようになった。

「やっかいになってるんだから、老骨に鞭打《むちう》っておまんま代くらいは働かねえとな」

口ではそう言っているが、丑次郎の顔にはすっかり精気が戻っていた。

二

「おう、いいところで」

両国橋の東詰で、いなせな同心が右手を挙げた。

北町奉行所の廻り方同心、安永鉄之助だ。

「おう、どうだい、あいつは」

打てば響くように答えたのは、本所方同心の一色信兵衛だった。

持ち場は違うが、同じ柳生新陰流《やぎゅうしんかげりゅう》の道場で汗を流した仲だ。阿吽《あうん》の呼吸で伝わる。

「口入れ屋に紹介されて、丑蔵は蕎麦屋《そばや》の屋台をかつぎだしたぜ」

安永鉄之助は身ぶりをまじえて言った。

「ほう、蕎麦屋を」

「念のために、ほおかむりをしてつらを隠してるんだがな」

と、また手を動かす。

「盗賊の手下の宗八のほうはどうだ」

一色信兵衛が問うた。

「町方が使ってる絵師に似面を描き増しさせた。そのうち、網にかかるだろう」

今度は網を引くしぐさをした。

剣術でも動きが多いほうだ。どっしり構えている一色信兵衛とはまるで逆だが、腕はたしかだった。

「で、今日はどこへ？」

「せっかくだから、丑蔵の屋台の蕎麦を食ってやったんだ」

見えない箸《はし》が動く。

「ほう」

「まあ、屋台の蕎麦にしちゃあうめえほうだし、冷える日にゃあったかいつゆがありがてえんだが」

町方の同心はあいまいな顔つきになった。

「おぬしは蕎麦にうるさいからな。なら、やぶ梅でたぐるか？」

今度は本所方の同心が手を動かした。

「一人でのれんをくぐろうかと思ってたんだから、上々吉《じょうじょうきち》よ」

安永鉄之助は笑みを浮かべた。

三

「かあっ、やっぱり屋台の蕎麦とは違うな」

重ねのもりを気持ちよく平らげた安永鉄之助は、ちらりとあるじの梅吉のほうを見て言った。

「そりゃ、一緒だったら立つ瀬がないので」

蕎麦打ちが答える。

「ああ、蕎麦を食ったなっていう気になるからな、ここの手打ちは」

先客が言った。

暇な寄合の本多玄蕃《げんば》だ。どうも家にいると気ぶっせいらしく、毎日のように松竹梅のどこかで呑んでいる。

今日は松寿司から流れてきたらしい。どうやら隠居の一色英太郎はまだ腰を落ち着けているようだ。

「丑次郎はまた寿司を握りだしたそうじゃないか」

本所方の同心が問うた。

「さっきもやってましたよ。噺家のための高座だったのに、すっかり寿司屋の仕事台になってます」

本多玄蕃のいくらか欠けた歯がのぞいた。

「そう聞くと、食いたくなってくるな」

安永鉄之助がぽんと一つ腹をたたいた。

「まだ入るか」

一色信兵衛が問う。

「蕎麦も寿司も別腹だからな」

「ときには、天麩羅《てんぷら》も」

暇な寄合が和す。

「その三つがいちどきに食えれば重宝なんだがな」

町方の同心がそう言ったから、一色信兵衛はおかみのおれんに目配せをした。

「みなで知恵を出して、こういうものをこしらえてもらったんです」

やぶ梅のおかみが差し出したのは、中に仕切りがついた膳箱だった。

まだ真新しく、塗られた深めの朱色《しゆいろ》が美しい。

「これに松竹梅の料理を盛ろうってのかい？」

頭の回る安永同心が問うた。

「蕎麦は硬めにゆでるつもりです。まあなんとかなるでしょう」

梅吉が答えた。

「そのいちばん小さいところに蕎麦つゆを張って、天麩羅もそれで召し上がっていただくつもりです」

おれんが膳箱の一角を指さした。

「つゆが足りなくなるかもしれないので、徳利に入れて持っていきますが」

と、梅吉。

「何か催《もよお》しでもあるのかい」

安永鉄之助が訊く。

「ちょいと趣向があってな……」

一色信兵衛が座り直し、本所亭捨松最後の高座の件を告げた。

初めは天竹という話もあったが、高座が入った松寿司が舞台と決まった。

「なるほど、そいつぁ人助けだ」

町方の廻り方同心がうなずいた。

廻り方にもいろいろあるが、安永鉄之助は定廻《じょうまわ》りだ。隠密《おんみつ》廻りのように身を何かにやつしたりはしない。いつもさっぱりしたなりで、八丁堀風の色気を漂わせている。

「で、その最後の舞台に、松竹梅膳をこれでお出ししようかと」

おれんが箱型の膳を指さした。

「その日かぎりかい?」

安永鉄之助が問う。

「いまのところはそうなんですが、蓋《ふた》付きでお重にもできますので、何かのときに使えるんじゃないかと」

梅吉が答えた。

「出前もできるな。上様が『江戸の味を』とご所望されたら、これが松竹梅膳でございますと御城へ運べるぞ」

一色信兵衛が言う。

「おお、それは本所のほまれだな」

本多玄蕃が笑みを浮かべた。

「そんな畏《おそ》れ多いことを……」

おれんは蒼《あお》い顔になった。

「はは、戯れ言だ」

本所方同心が笑った。

「なんにせよ、祝いごとなどにも使えそうだな」

町方の定廻り同心が言う。

「そうなんで。どんな祝いごとになるか分かりませんが、松竹梅のどこかの見世を貸し切るときに使わせていただければと」

やぶ梅のあるじの白い歯がのぞいた。

四

二人の同心と暇な寄合は、「別腹」の寿司をつまみに松寿司へ向かった。

「お、また客だな」

安永鉄之助が前を指さした。

男が一人、いくらか行きつ戻りつしてから、意を決したようにのれんをくぐった。見るからに初めての客だった。

続いて松寿司に入ろうとしたが、路地に住み着いている猫が本多玄蕃の足元に身をすりつけてきた。

「おお、人なつっこいのう。よしよし」

気のいい武家はひとしきり猫の首筋をなでてやった。

それから、寿司屋ののれんをくぐった。

「いらっしゃいまし」

おかみのおとしのいい声が響いた。

「おお、これは、安永どのまで」

一枚板の席から、隠居の一色英太郎が言った。

「無沙汰《ぶさた》をしております。両国橋の東詰で、ばったり信兵衛と顔を合わせたものですから。やぶ梅で蕎麦をたぐってから、こちらへ来ました」

安永鉄之助がわけを話した。

「で、名人の寿司を味わいに来たんですがね」

本多玄蕃が座敷を見た。

名人はそこにいた。先にのれんをくぐってきた客が前に座っている。

「こいつが寿司の修業をしたいってんでのれんをくぐってきたんで、いまから話を聞くところなんでさ」

丑次郎はそう告げた。

「いきなり、『こちらの名人に寿司を教わりたい』って言って入ってきたんでびっくりしましたよ」

松吉が言う。

その隣で、鶴松がねじり鉢巻きでしゃりを切っていた。

酢飯はまぜてはいけない。

むやみにまぜると、べちゃべちゃした酢飯になってしまう。杓文字《しゃもじ》を縦に切るように動かせば、米の粒の立ったうまい酢飯になる。

寿司種が乗っていなくても、酢飯だけで十分うまいとは松寿司の評判だ。

「どうかよろしゅうに」

丸顔の男が目尻にいくつもしわを浮かべた。

「うちはいま手狭なので、住みこみの修業などはできませんよ」

先手を打つように、松吉が言った。

「さようですか……では、通いでやらせていただければと」

笑みを絶やさぬ男が答えた。

「寿司は握ったことがあるのかい」

丑次郎がたずねた。

「へい。屋台の寿司はだいぶやってたんですが、本式の握りを教わって、いずれはここみたいに見世を出したいと思いまして」

男は座敷を指さした。

二人の同心と暇な寄合は、ちょうど空いていた一枚板の席に陣取り、とりあえず成り行きを見守っている。

「名をまだ訊いてなかったな」

丑次郎が言った。

「あ、そうでした。吉十《きちじゅう》でございます」

男が頭を下げる。

「十吉《じゅうきち》じゃなくて吉十か」

「へい、いいかげんにつけた名で」

　男は妙な笑い方をした。

「なら、ちょいと指を見せてみな、吉十」

　丑次郎は手を差し出した。

「へ、へい……」

　吉十の顔つきが変わった。

「出してみろって。指を見りゃ、どれくらいの年季を積んできたか、すぐ分かるんだ」

　と、丑次郎。

「あっしは屋台の握りだったんで、職人の指になってねえと思いますが」

　吉十はそう言って、おずおずと手を差し出した。

　その様子を見ながら、一枚板の席の客たちは別腹の寿司をつまんでいた。

「同心の指ってのはなさそうだな」

　安永鉄之助がおのれの指を見る。

「剣術遣《つか》いの指というのはあるだろう」

　一色信兵衛も寿司を食べ終わったばかりの指をかざす。

　素振りで鍛えたそれは、見るからにつわものの指だった。

「無駄飯喰らいの指は情けないものだな」

本多玄蕃がそう言って、何の取り柄もない指をかざしたから、松寿司に笑いが響いた。

だが……。

それはすぐさま止んだ。

丑次郎がいやに大きな声を出したからだ。

「たしかに、職人の指じゃねえな」

復活した寿司職人は言った。

「まじめにやってなかったんで。これからは心を入れ替えて励みますんで」

吉十はそう言って手を引っこめようとした。

「待て」

丑次郎は離そうとしなかった。

「おれのせがれの丑蔵は、悪い仲間にとっつかまって、すんでのところで逃げ出してきた。馬鹿なやつだが、おれも強くは言えねえ。おれだって、若えころは賭場《とば》に出入りしてたりしてたからな」

二人の同心は目くばせをした。

話の道筋がだんだん見えてきたからだ。

「いままで、いろんなやつの指を見てきた」

丑次郎の目つきが鋭くなった。

「おめえさん、妙なとこに胼胝《たこ》ができてるじゃねえか」

「こ、これは……」

吉十と名乗った男は、顔色を変えて手を無理に引いた。

「いかさまの賽《さい》を振るやつは、おんなじような指をしてやがったぜ。おめえ、せがれの居場所を探りに来やがったんだろう」

丑次郎がそう問い詰めると、人当たりが良さそうだった面がにわかにはがれた。

「しゃらくせえ」

吐き捨てるように言うと、男はやにわに立ち上がって逃げようとした。

「待て」

一色信兵衛が果断に動き、男に足払いを食らわせた。

「うわっ」

男の体が宙に舞い、土間へ倒れる。

そこへ安永鉄之助が馬乗りになり、襟《えり》を締めあげた。

「だれに頼まれた。言え」

怪しい男は首を横に振った。

「よし、番所で吐かせてやる。それでも言わなきゃ責《せ》め問《ど》いだ。痛いぞ」

同心が責める。

「丑蔵の居場所を探りに来たんだな？」

一色信兵衛が鋭く問うた。

今度は観念したように首が縦に振れた。

「あとは番所で訊こう。立て」

襟を絞りあげたまま、安永同心は男を立たせた。

「おれも着いていこう」

「おう、頼む」

かくして、松寿司に姿を現した男は、二人の同心に引き立てられていった。

「働きだったな」

後に残った本多玄蕃が、丑次郎に向かって言った。

「なんの」

丑次郎はわずかに笑みを浮かべた。

「これで、盗賊のかしらまで捕まるといいですね」

松吉が言った。

「……そうだな」

ひと呼吸おいて、丑次郎は心から言った。

第六章　再　会

一

松寿司にもぐりこもうとしたのは、やはり盗賊の手下だった。

厳しい責め問《せど》いにかけてやると、吉十と名乗った男は、こらえきれずに洗いざらい吐いた。

それればかりではない。丑蔵を一味に誘い入れようとしていた宗八という男も、似面《にづら》のおかげで捕まり、盗賊のねぐらまで分かった。

丑蔵を引き込み役にして、線香問屋に押し込もうとしていたのは、般若《はんにゃ》の岩吉《いわきち》という強面《こわもて》の盗賊だった。ねぐらを急襲された盗賊の一味は、さんざん暴れたものの、おおむねお縄になった。

かくして、丑蔵の危難はひとまず去った。

図らずも、父の丑次郎が息子を救ったかたちになった。町方の安永同心からそのいきさつを知らされた丑蔵は、人目もはばからずに号泣したという。

ただ……。

晴れて一緒に暮らし、足の悪い父の世話をしたいところだが、まだ一味の残党がいるかもしれない。やつらにとってみれば、丑蔵は憎き裏切り者だ。用心しておくに若《し》くはない。

というわけで、いま少しほとぼりが冷めるまで、丑蔵は京山のもとに身を寄せ、蕎麦《そば》の屋台をかつぎながら暮らすことになった。

こうしてひと幕が終わったころ、べつの物語が次の段に進んだ。

矢櫃《やびつ》登之助に付き添われ、本所亭捨松の娘のおいくが江戸へ出てきたのだ。

二

「おっかさんは、どうしても行かないって言うんです」

おいくが困ったような顔つきで言った。

「そのあたりをいろいろ説得したりしていたら、ずいぶんと戻るのが遅くなってしまいました」

矢櫃登之助がそう言って、髷《まげ》に手をやった。

ここは天竹の座敷――。

居合道場の師範の半原抽斎《ちゆうさい》に加え、本所亭捨松の弟子の捨三とその相棒の大八が陣取っている。

「やむをえぬ。同門の道場はどうであったか」

道場主が問うた。

「はい、そちらのほうはなかなかの活気で、遠くからも門人が集まり、良い稽古《けいこ》をしておりました」

矢櫃登之助は手短に告げた。

「で、これから師匠のところへ行きますかい？」

おいくが江戸へ出てきてくれたというのに、本所亭捨三はどこかあいまいな顔つきをしていた。

無理もない。師匠の捨松がとうとう寝込んでしまったのだ。

身を起こすのも容易ではない。医者の山崎信庵の診立《みた》てによると、かなり深刻な病勢のようだった。

「まいります」

おいくがうなずいた。

まだ幼いころに親が夫婦《めおと》別れをしたから、父の顔はいくらかおぼろげになっていた。その父の寿命が尽きようとしていると矢櫃登之助から聞き、おいくは江戸へ行くことに決めた。

おいくは、十八になる。

まだ嫁にいく話はない。母のおそめが相州大山に近い庄屋の分家筋の後妻になり、おいくも連れ子として養ってもらっていた。これまでに縁談はあったが、相手が乱暴者だというううわさがあったため避けた。そうこうしているうちに、もう十八になってしまった。

「では、行きがかり上、わたしも付き添いましょう」

矢櫃登之助が手を挙げた。

「松竹梅からも、だれか行ったほうがいいね」

一枚板の席から、隠居の一色英太郎が言った。

「それなら、兄さんがちょうど空いてるんだから」

竹吉が指さした先に、松吉が座っていた。

おあつらえ向きにと言うべきか、松寿司は休みの日で、松吉は天竹で天麩羅《てんぷら》を味わっていた。

女房のおとしは橋向こうで芝居見物、鶴松は朋輩《ほうばい》と浅草の奥山へ出かけている。松寿司が休みだから、一同は次男の竹吉のもとへ集まっていた。

「そりゃ、おまえに行けとは言わないよ」

松吉が笑った。

「それに、師匠と高座の日取りを打ち合わせて来なけりゃな。こうして娘さんが来てくれたんだから、もういつでもできる」

松吉はおいくのほうを手で示した。

「でも、義兄《にい》さん、師匠が寝込まれてるんじゃ、落語どころでは……」

おみかがいぶかしげな顔つきになった。

「なに、病は気からだ。娘さんの顔を見りゃ、急に元気が出るかもしれねえ」

と、松吉。

「そうだね。それに望みをかけるのが良さそうだ」

隠居が笑みを浮かべた。

「なら、善は急げだ。これからみんなで行きましょうや」

捨三が早くも腰を浮かせた。

「ひなちゃんも、いく」

おひなががだしぬけに言った。

「あんたはいいの」

いささかあきれたように、母のおみかが言った。

「だって……」

我の強い娘はあいまいな顔つきになった。

何か気に入らないことがあると、やにわに泣き出したりするから始末に悪い。

「おひなちゃんは、いくつ？」

おいくがたずねた。

「八つ」

おひなが両手の指で示した。

「そう……」

おいくは感慨深げな面持《おもも》ちになった。

「わたしがおひなちゃんと同じくらいのころ、おとっつぁんとおっかさんが夫婦別れをして、江戸と相州に離れて暮らすことになったの。そのおとっつぁんの具合が悪いと聞いて、これから十年ぶりに会いにいくのよ」

おいくは噛んで含めるように話した。

「だから、おまえはここにいなさい」

有無を言わせぬ口調で、竹吉が言った。

得心がいったのかどうか、おひなはこくりとうなずいた。

「なら、師匠のとこへ」

捨三が腰を浮かせた。

「寝てるかもしれねえがな」

相棒の大八も続く。

松吉と矢櫃登之助も加わり、支度が整った。

ふっ、と一つおいくが息をつく。

「十年ぶりだな」

ともに江戸まで旅をしてきて打ち解けたと見え、情のこもるまなざしで矢櫃登之助が声をかけた。

「……はい」

おいくは笑みを返した。

三

「大きな土産《みやげ》を持ってきましたぜ、師匠」

長屋に入るなり、本所亭捨三がつくりの入った声で言った。

返事はない。

おいくを含む一同が耳を澄ますと、奥から寝息が聞こえてきた。

「良かった、まだ生きてまさ」

噺家《はなしか》らしく、どんなところでも笑いを取ろうとする。

「なら、起こしましょうや」

大八が言った。

「ここで待っててくだせえ」

おいくに向かって言うと、捨三は上がりこんで奥で寝ていた師匠の枕元に座った。

「師匠、ちょいと起きておくんなせえ」

と、捨松の肩のあたりを揺する。

「う、うーん……」

噺家がうめいた。

ほどなく、目が開いた。いくたびか続けざまに瞬《まばた》きをする。

「ここから先は、夢じゃないすからね、師匠」

弟子は耳元でささやくように告げた。

「夢じゃ……ねえって？」

捨松がかすれた声で問う。

「うつつだってことでさ」

捨三が笑みを浮かべた。

「……おとっつぁん」

こらえきれないとばかりに、おいくが土間から声をかけた。

捨松の顔にさざ波めいたものが走る。

「さ、師匠」

「身を起こしてくだせえ」

捨三と大八が両脇を抱え、噺家の身を起こした。

「おとっつぁん」

おいくの声が高くなった。

上がって父のそばに座る。

捨松はもう一度瞬きをした。

「おめえは……」

すっかり痩《や》せてしまった顔に、驚きの色が浮かぶ。

「いく、です」

おいくは名乗った。

「父親が病気ゆえと、相州まで知らせに行き、一緒に連れて帰った」

矢櫃登之助が手短にいきさつを述べた。

「十年ぶりだな、師匠」

捨三が言った。

「大きくなったな、おいく」

捨松は喉の奥から絞り出すように言った。

「十八に、なりました」

おいくは告げた。

「そうか、十八か……」

父はそう言ってうなずいた。

しばらく、沈黙があった。重い間だった。

それを打ち破ったのは、父のほうだった。

「あいつは、達者か？」

別れた女房のことを、捨松は気にかけた。

「はい。おっかさんは足も悪いので、江戸へは来られなかったんですが」

おいくは方便で言った。

「そうかい……おれは好き勝手なことをやってたから、女房から恨まれてても仕方がねえや」

それと察したのかどうか、捨松はそう答えた。

「急に顔色が良くなりましたね、師匠」

弟子が笑みを浮かべた。

「なんの、もう長かねえや」

噺家は首を横に振った。

「この按配なら、うちにこしらえた高座にも上がれそうですね」

松吉が言う。

「おいくちゃんは師匠の噺を聞いたことがないそうです。ここはぜひ聞かせてやってください」

居合の剣士がまっすぐな言葉を発した。

「高座か……」

本所亭捨松は、いくらか遠い目つきになった。

「松寿司に立派な高座ができてまさ。師匠が上がるのを今や遅しと待ってますぜ」

捨三が風を送るように言う。

「そうすよ。本所の湯屋に通ってる連中は、みんな待ってまさ」

相棒の大八も和した。

「おれのために、そんなものまで……」

捨松はちらりと目尻に指をやった。

「おいくちゃんのためにも、師匠の名人芸を見せてやってくだせえ」

弟子が心をこめて言う。

そこで、また少し間があった。

「おとっつぁん……」

おいくが口を開いた。

父の手を取る。

それはすっかり痩せこけ、枯れ木のようになっていた。

しかし、まだあたたかかった。まぎれもない、血を分けた親のあたたかさだ。

「何でえ」

喉の奥から絞り出すように、捨松は言った。

「聞かせて、おとっつぁんの噺を」

うるんだ目で、おいくは言った。

「ああ」

父はうなずいた。

「何を演《や》ります？　師匠」

気が変わらないうちにと、弟子がたずねた。

「そうさな……あんまり動くのは、もうできねえが」

捨松は苦笑いを浮かべた。

本所亭捨松の全盛期には、噺家が姿を現しただけでどっと笑いがわくほどだった。

身ぶりが派手で、唄も入るにぎやかな高座だ。しみじみと聞かせるというより、笑いの波が寄せては返す、陽気な芸風だった。

「得意な噺はいろいろお持ちなんで、じっくり思案してくださいよ」

捨三が笑顔で言った。

「おう」

捨松はゆっくりと右手を上げた。

「では、いつにいたしましょうか。丑《うし》の日だけ外していただければ、うちはいつでも貸し切りにさせていただきますが」

松吉が声をかけた。

「何で、丑の日は、いけねえんだい」

いくたびか息を入れながら、捨松はたずねた。

「おいらの丑次郎師匠がまた握りを始めたんです。高座に乗って仕事をすりゃあ、足が悪くたって握れますから」

松吉は答えた。

「で、名前にちなんで、丑の日だけ実演をすることになったんですよ」

と、捨三。

「初めのうちはずっとやってたんですが、それだと体が大儀なので、丑の日だけってことになりました」

松吉が言葉を補った。

「分かったよ」

噺家はうなずいた。

「なら……」

やや思案してから、父は娘の顔を見た。

「あれは、もう十八年も前か」

感慨深げに言う。

「わたしが生まれたとき？」

おいくが問うた。

「そうだ。ちょうど、寅《とら》の日だった」

捨松が答える。

「次の寅の日ですね、師匠」

弟子が勇んで言った。

「安産のお守りに、張り子の寅を、飾ってあった」

捨松は遠い目つきになった。

「だから、寅の日に生まれたのかと、笑い話に……」

噺家は何とも言えない顔つきになった。

そのころは、まだ夫婦仲は悪くなかったのだ。

「次の寅の日でいいのね？　おとっつぁん」

おいくがやんわりと話を本筋に戻した。

「あと幾日だ？」

と、弟子の顔を見る。

「ひい、ふう、みい、よう……いま、何時《なんどき》だい？」

「五つでさ」

大八がすかさず答えた。

「むう、なな……」

「『時そば』やってんじゃねえや」

捨松の顔に笑みが浮かんだ。

「ほんとのとこは、七日先でさ」

弟子も笑顔で答える。

「なら……老骨に鞭打《むちう》って、やるか」

本所亭捨松の腰が上がった。

「さっそく貼り紙を出しましょう。膳も仕立てますんで」

松吉は乗り気で言った。

こうして、話は決まった。

「おとっつぁん、それまで、わたしが」

一段落ついたところで、おいくが言った。

「一緒にいておやり」

土間から矢櫃登之助が声をかけた。

「はい」

おいくがうなずいた。

「こんなおとっつぁんの、そばにいてくれるのかい」

捨松が目をしばたたかせた。

「わたしが知らない話を……」

娘は涙声になった。

「もう忘れてしまったむかしのことを、たくさん聞かせて、おとっつぁん」

ぐっとこらえて、おいくがせがむ。

「ああ、聞かせてやろう。ゆっくりな」
父は穏やかな顔で答えた。

四

本所の湯屋の二階に、こんな貼り紙が出た。

本所亭捨松師匠　噺会

つぎの寅の日　八つより前座
本所　松寿司にて
松竹梅膳つき　八十文（師匠へのはげまし込み）

出演　本所亭捨松
　本所亭捨三（前座）
勢以（端唄）

「おっ、捨松師匠は良くなったのかい？」

「こないだ見たときは、いまにも死にそうだったがよ」

大工衆がさっそく貼り紙を見つけて言った。

「娘さんが出てきたんで、張り合いが出てだいぶ持ち直したそうすよ」

湯屋のあるじの谷助が答えた。

番台は無口な息子の山助に任せてある。こうやって客とにぎやかにしゃべっているほうが性分に合っていた。

「へえ、娘がいたのかい」

「どっから出てきたんだ？」

へぼ将棋《しょうぎ》の駒《こま》を並べながら、大工衆がたずねた。

「相州でさ。師匠の最後の高座になるかもしれねえってんで、夫婦別れをして別々に暮らしてた娘さんをわざわざ呼びに行ったんで」

谷助が答える。

「そうかい。親子の再会かい」

「そりゃ良かったじゃねえか」

「でもよう、八十文はちと高かねえか」

大工の一人が貼り紙を指さす。

「よく見な、『師匠へのはげまし込み』って書いてあるじゃねえか。これから療治をするのに銭がかかるじゃねえかよ」

「ああ、そうか」

「初めは百文のつもりだったそうすよ。それじゃあんまりだって値を下げたそうで」

湯屋のあるじが伝える。

「松竹梅膳ってのは、三つが入《へえ》ってるのかい？」

「そうそう。寿司と天麩羅と蕎麦」

谷助がせわしなく指を折った。

「それを食いながら、落語を聴くわけか。行ってもいいがよ」

「松寿司にそんなに入れるかい？」

大工の一人がたずねたとき、松吉と鶴松に支えられて丑次郎が二階へ上がってきた。松寿司が休みの日は、まずは丑次郎を湯屋へ運ぶことになっている。

「お、うわさをすれば影あらわるだな」

「いま、そいつの話をしてたんだ」

「行ってもいいけど入れるのかって」

　大工衆はまた貼り紙を指さした。

「高座の向きをいろいろ思案して、茣蓙《ござ》を敷いたり、外に長床几《ながしょうぎ》を出したりしますので、座敷と一枚板も合わせて三十人くらいは入れるんじゃないかと」

　松吉がいくらか首をひねりながら言った。

「外だと、ちと寒いやね」

「ま、それだけ人が入りゃあったけえかもしれねえがよ。……おめえ、飛車と角が逆じゃねえか」

「あ、いけねえ」

　そんな按配で、へぼ将棋を指しながらなおも話が続いた。

「おいらも楽しみにしてるんでさ」

　丑次郎が笑みを浮かべた。

「やっと高座の主《ぬし》が戻ってくるんですからね」

　と、谷助。

「で、いまは親子水入らずで暮らしてるのかい？」

大工衆のかしらがたずねた。

「こないだも、娘さんが一緒に来ましたよ。『おとっつぁん、おとっつぁん』って言って、甲斐甲斐《かいがい》しくしてました」

湯屋のあるじが伝えた。

「そりゃ、何よりだな」

「なら、仕事の段取りがついたら行きましょうや、かしら」

「そうそう。こいつを聴き逃したら後生《ごしょう》が悪いや」

大工衆は乗り気になってきた。

「だったら、おまえら、気張って普請場《ふしんば》で働け」

かしらがうまく手綱《たづな》を締める。

「へい」

「合点で」

「お、角がただだぜ」

「いけねえ、待っただ」

そんな按配で、湯屋の二階に和気が満ちた。

その後も、貼り紙は多くの客の目に留まった。

むろん、貼り紙を出したのは湯屋だけではない。

松寿司、天竹、やぶ梅。三兄弟の見世《みせ》にも貼られた。

この按配だと、客が見世に入れないかもしれない。表の長床几は寒かろうが、まだ座って聴けるだけましだ。立ち見だとつらかろう。

「先に札でも売れればよかったですかね」

松吉が隠居にたずねた。

「まあ、でも、師匠が本当に高座に上がれるかどうか、当日になってみなきゃ分からないからね」

一色英太郎が答える。

「元気な姿を見せてくださったらいいけど」

おとしがしみじみと言った。

「そうだね。いずれにしても、もうすぐだ」

と、隠居。

「こちらは支度を進めるだけです。気合を入れてつくれ」

松吉は跡取り息子に言った。

「へい」

鶴松は気の入った返事をした。

第七章　最後の高座

一

その日が来た。

松寿司は朝から休みにした。

幸い、雲一つない小春日和《こはるびより》になった。家並みのある路地とはいえ、川に近いからいつも冷たい風が吹きこんでくる。だが、今日にかぎってはほとんどなく、春を思わせるような陽気だった。

「これなら、外へ長床几《ながしょうぎ》を出せるわね」

松寿司のおかみのおとしが言った。

「それも、三つくらい重ねて置けるな」

松吉が指さす。

「往来の邪魔になると思うけど」

鶴松が首をかしげる。

「往来って言っても、路地だからな。もし荷車でも入ってきたら、そのときだけ移せばいい。……お、それより、そろそろ松竹梅膳にかかるか」

父が息子に言った。

「はい」

鶴松が答える。

「ひときわ気を入れてしゃりをつくれ」

松吉が命じた。

「承知」

跡取り息子は引き締まった顔つきになった。

天竹とやぶ梅は、午《ひる》でのれんをしまった。

もちろん、松竹梅膳をつくるためだ。

だが、天麩羅《てんぷら》は揚げたて、蕎麦《そば》はゆでたてがいちばんうまい。時が経つにつれて味が落ちていく。そのあたりの段取りをどうつけるかが悩ましかった。

「とりあえず、天種だけ仕込んでおこう」

竹吉が言った。

「あいよ」

おみかが打てば響くように答える。

そこへ、やぶ梅のおれんが飛びこんできた。

「うちの人が、膳の盛り付けの順をどうするか聞いてこいって」

息を弾ませて言う。

「それは、うちもどうしようかと」

おみかが小首をかしげた。

松竹梅の三兄弟ばかりでなく、おかみ同士も仲がいい。困ったときにはまずもって相談して助け合うのが常だった。

「ひなちゃんが、やる」

おひながだしぬけに口を出した。

「おまえがやったら、あきない物にならないぞ」

「お部屋もぐちゃぐちゃなんだから」

親からすかさず言われた八つの娘は、ぷうとほおをふくらませた。

「おつゆを先に入れたら、こぼしちゃいますよね」

やぶ梅のおれんが言った。

「そうだな。つゆは大徳利で運んで、兄さんのとこで張ればいい」

竹吉が身ぶりをまじえて言ったとき、また人が入ってきた。

本所亭捨三と大八だった。噺家《はなしか》はすでに紋付《もんつき》を羽織っている。

「お、ご苦労さまです」

「準備は万端で」

「いやいや、これからで」

と、竹吉。

「うちもお蕎麦のこねにかかったところです」

おれんが告げた。

「さっき、信庵先生が往診に見えたんですが、これならまあっていう感じで、なんとか高座に上がれそうでさ」

捨三がほっとしたように言った。

「そうですか。そりゃよかった」

天竹のおみかの表情がやわらいだ。

「念のために、信庵先生も落語を聴いてくださるそうですよ」

大八が言う。

「それなら安心かも」

おれんが胸に手をやった。

そこでまた人が入ってきた。

「おう、ちょいと長床几を貸してくんな」

若い者を連れてやってきたのは、花組の纏持《まといも》ちの花造だった。今日の路地はずいぶんとにぎやかだ。

「兄さんとこへ運ぶんですかい？」

竹吉が問う。

「座るとこが足りねえようだから」

「三十人は来るそうですよ」

「外にも出さねえと」

火消し衆が言う。

「なら、持ってってください」

「うちのは？」

おれんがたずねた。

「やぶ梅のも借りるつもりなんで、そう言っといてくだせえよ」

纏持ちは白い歯をのぞかせた。

「承知しました」

蕎麦屋のおかみも笑顔で答えた。

二

「さ、おとっつぁん、そろそろよ」

表の気配を察して、おいくが言った。

「ああ」

本所亭捨松はゆっくりとうなずいた。

すでに身を起こし、羽織袴《はかま》に着替えている。

「駕籠《かご》を手配するそうです」

声をかけたのは、矢櫃《やびつ》登之助だった。

おいくが父と暮らしはじめてからも、折にふれて長屋に顔を出して力を貸してきた。今日もおいくと二人で捨松の着替えの手伝いをした。

「すまねえな」

噺家はそう言って、いくぶん苦そうに茶を呑んだ。

「ちわー」

「御用聞きじゃねえんだから」

「悪かったな」

にぎやかに掛け合いながら、弟子の捨三と相棒の大八が入ってきた。

「ご苦労さま」

居合の剣士が声をかける。

「おう、すまねえ」

噺家の声には、少し張りが戻っていた。

表には駕籠が置かれていた。しかし、駕籠かきの姿はない。

「駕籠屋さんは？」

おいくがいぶかしげに問うた。

「近すぎるので、わざわざ呼ぶのは悪かろうと」

こちらも羽織をまとった捨三が答える。

「おれらで運びまさ」

「えっ、ほっ、ってね」

なりわいはよろずお助けの二人が身ぶりをまじえる。

「せっかくの衣装が汚れたらいけない。わたしが先棒をかつごう」

矢櫃登之助が申し出た。

「さいですか。そりゃ、ありがてえこって」

捨三は両手を合わせた。

そんな按配で、支度が整った。

皆に体を支えられ、本所亭捨松は駕籠に乗りこんだ。

「おいくちゃんもいるから、ゆっくり松寿司へやってくんな、駕籠屋さん」

弟子が張りのある声で言う。

「合点で」

大八が威勢のいい声で答えた。

同じころ――。

もう一人、松寿司へ向かう人影があった。

三兄弟の母のおせいだ。

だいぶ目が悪くなってはいるが、杖《つえ》を頼りに、同じ路地の松寿司くらいなら歩いていける。

ただし、一人ではなかった。天竹のおかみのおみかも付き従っていた。

その手には、籐《とう》で編まれた小ぶりの籠《かご》が提げられていた。

「みゃあ……」

中からなき声が聞こえた。

猫の瑠璃だ。

「はいはい、いい子だからね」

おせいが声をかけた。

瑠璃は大の寂しがり屋で、おせいが厠《かわや》へ行っただけで「どこへ行ったの？」とばかりに身も世もあらぬなき方をする。

置いていったらかわいそうだし、そもそも近所になき声が迷惑だ。おせいのひざさえあればいたっておとなしい猫だから、落語の邪魔にはなるまい。

そう思案したおせいは、猫も一緒につれていくことにした。

「いい日和になって、ようございましたね」

おみかが言った。

「ほんに、春のような日ざしで」

杖を動かしながら、おせいが答える。

「あっ、もう見世《みせ》の前にお客さんが座ってますよ」

おみかが指さした。

松寿司の前に出された長床几には、気の早い客がもう陣取っていた。

「お膳の支度のほうは大丈夫なのかい？」

おせいがたずねた。

「ええ。これから見世に戻ったら大車輪でやります」

おみかは身ぶりをまじえて答えた。

「にゃ……」

籠をゆすられた瑠璃が、また心細そうにないた。

三

「よし、次の海老天《えびてん》、揚がったぞ」

竹吉が菜箸《さいばし》を動かしながら言った。

「あいよ」

おせいが松寿司に着くのを見届けてから、急いで戻ってきたおみかが答えた。

天竹の一枚板の席には、松竹梅膳がずらりと並んでいた。置ききれない分は座敷にもある。

すでに甘藷天《かんしょてん》は入っていた。あつあつでなくても、さくりとかめばうまい天麩羅を、二人で相談して決めた。海老と甘藷なら間違いはない。

「あんまり大きいと、蓋《ふた》が閉まらないわね」

おみかが首をかしげる。

「しっぽをきるの」

おひながわらべなりに知恵を出した。

「そういうわけにもいかないわよ」

おみかはそう答え、海老の尾をうまく指で按配した。

そこへ、やぶ梅のおれんが入ってきた。

「できた分をいただきに来ました」

「おーい、ちょっと待て」

うしろから、あるじの梅吉が追いかけてきた。

「行ったり来たりするのは二度手間だ。ゆであがった麵をこっちで盛り付ければいいじゃないか」

「あ、それもそうね」

おれんが振り向いて答える。

「なら、置いといていいか？」

竹吉が問うた。

「そうしといてくんなよ、竹吉兄さん。ゆであがったら持ってくるから」

はきはきした口調で、梅吉が答える。

「つゆは？」

と、おれん。

「松寿司で張るつもりだったんだが、先に入れてもいいだろう。残りは寿司と醬油《しょうゆ》だけにしておけば間違いがねえ」

梅吉が言った。

松竹梅膳の器をこしらえるにあたっては、最後にひともめあった。

天麩羅も蕎麦つゆで食べることにして、つゆを入れる仕切りをつくったところまでは良かったが、一つ忘れていた。

なかには醤油につけて食べる寿司もある。その醤油を入れるところがない。

いまさらつくり直すわけにはいかないから、枠《わく》に合った小さな醤油入れを加えることにした。急いでこしらえてもらうと、かえって小粋《こいき》な仕上がりになったのは怪我の功名だった。

「なら、こっちはそろそろ上がるから、蕎麦とつゆを持ってきてくれ」

竹吉が言った。

「承知」

「出直してきます」

やぶ梅の二人は、急いで見世に引き返していった。

四

松寿司には役者がそろってきた。

座敷の隅にはおせいがいた。大きな猫をひざにのせたまま、三味線《しゃみせん》の調子を合わせている。

隣には丑次郎が陣取っていた。足は悪いが、目はまだしっかりしている。寿司の仕上げにかかっている松吉と鶴松の仕事ぶりにじっと目を光らせていた。

「そろそろ着くころかね」

一枚板の席で、隠居の一色英太郎が言った。

「師匠が来て、膳が行き渡ったら始める段取りでしょうかな」

その隣で、暇な寄合の本多玄蕃《げんば》が言う。

「ええ、こっちはまもなくできあがりますんで」

松吉が大きな寿司桶《おけ》に並べたものを指さした。

寿司種はその日の漁だのみだが、今日はいいものが入った。

寒鰤《かんぶり》に寒鰈《かんがれい》。

どちらも存分に脂《あぶら》がのっている。

海老も考えたのだが、天竹で揚げるという。重なりにならないように寿司種に海老はやめ、代わりに玉子の寿司をつくった。

玉子は値の張る品だからそうおいそれとは出せないが、本所亭捨松の最後になるかもしれない高座だ。華《はな》やかな黄金色《こがねいろ》の玉子寿司も贅沢《ぜいたく》に加えることにした。

細い帯のように切った浅草海苔《のり》で巻くと、玉子焼きの色がいっそう引き立つ。

「待ちどおしいぜ。腹が減っててよう」

「なんだ、おめえは落語じゃなくて膳が目当てかよ」

「んなことはねえんだが、腹が減ってはいくさができねえ」

「まるでおめえが高座に上がるみてえじゃねえか」

土間の茣蓙《ござ》に座った大工衆が掛け合う。

その隣では、番台を息子に任せてきた谷助が待ちきれないとばかりにもう酒を呑みはじめていた。

「うちに貼り紙をしたおかげだね。満員御礼だ」

湯屋のあるじは自画自賛した。

「こちら、まだ空いてますんで」

「なるたけお詰めくださいまし」

花組の火消し衆が客の案内を買って出てくれていた。客は次々に訪れ、長床几がだんだんに埋まっていく。

「おーい、できたぜ」

「膳がいま来るぞ」

船大工の卯之助と善三はつなぎ役だ。

その声が響いたかと思うと、天竹から慳貪箱《けんどんばこ》が運ばれてきた。

天麩羅屋も蕎麦屋も出前をする。そのときに使う慳貪箱が、しばし天竹と松寿司のあいだを行ったり来たりした。

最後に寿司と醬油が加えられ、松竹梅膳が次々にできあがっていった。

「えっ、ほっ……」

「えっ、ほっ……」

矢櫃登之助と大八、でこぼこしたにわか駕籠屋が路地の角を曲がってきた。

おせいより離れたところに住まっているのに加えて、何を思ったか、一ツ目之橋を渡る途中で噺家は駕籠を止めさせた。

そして、流れる川の水をしばしながめていた。

橋のたもとに小ぶりの桜の木がある。そこが捨松のお気に入りの場所のようだった。

そのせいで、いくらか遅くなったが、いまやっと着いた。

本所亭捨松が、最後の高座の舞台、松寿司に到着したのだ。

五

「世話に、なります」

噺家は少しかすれた声で言った。

「さ、こちらへ、師匠」

弟子が座敷の座布団を示した。出番が来るまで、そこで控えることになる。

山崎信庵と一色英太郎の目と目が合った。

本道《ほんどう》の医師がうなずく。

弟子の捨三と隠居が今日の会の進め役だ。噺家の体の具合がまずもって案じられたが、医者は止めようとしなかった。

「では、主役もおいでになったことですし、膳が行きわたれば前座から始めたいと存じます」

隠居がそう声を張り上げたとき、表にまた駕籠が着いた。

今度はにわか駕籠屋ではなかった。ちゃんとしたそろいの半纏《はんてん》をまとった駕籠かきだった。

中から下りてきたのは、橋向こうに住む戯作者《げさくしゃ》だった。

「おお、これはこれは京山先生」

隠居が手を挙げた。

「こちらへどうぞ。詰めれば座れますので」

本多玄蕃も手招きする。

「すまないね、遅れてきたのに」

そう言いながらも、悠揚《ゆうよう》迫らぬ身のこなしで京山は寿司屋の中へ進み、一枚板の席に座った。

「お膳が足りない方はいらっしゃいませんか？」

松寿司のおとしが声を張り上げた。

「おう、こっちに一つくんな」

「おいらもだ」

表の長床几から手が挙がる。

「はーい、いまお持ちします」

やぶ梅のおれんが明るく答えた。

天竹のおみかだけは手伝いをしていなかった。なにぶん小さなおひながいる。

こらえ性のないたちだから、座って落語を聴かせるわけにはいかない。そこで、おみかだけは路地でわらべの守りをしていた。

「ほかにございませんか？」

おとしが訊《き》く。

「おお、いいぜ」

「始めてくんな」

すぐさま声が返ってきた。

「では、準備万端整いました」

一色英太郎の声が高くなった。

「ただいまより、本所亭捨松師匠の落語会を始めさせていただきます」

「よっ、待ってました」

「本所一の師匠」

「てやんでえ、江戸一でい」

ほうぼうから声が飛ぶ。

拍手と声援に応え、本所亭捨松は笑みを浮かべて一礼した。

そのかたわらで、娘のおいくが見守っている。

「それでは、まず……」

隠居は捨三のほうを見た。

「えー、お耳汚しですが、前座噺をお一つ」

扇子《せんす》でぴしゃぴしゃ額をたたきながら、弟子の捨三が高座に上がった。

こうして、松寿司で寄席が始まった。

六

「えー、本日は亡き師匠の一周忌ってことで……えっ、違います？　まだ生きてます？　そりゃそそっかしいことで」

捨三がそんなまくらを振ったから、おいくが思わず顔をしかめた。

いきなりすべってしまった捨三だが、気を取り直して噺を続けた。

「どうもそそっかしいもんで、とんだご無礼を。でまあ、そういった粗忽《そこつ》な人ってえのはどこにでもいるもんで……」

噺家は座り直して羽織を脱いだ。

これから演じようとしているのは粗忽な使者を主役とした噺で、捨三の新作ではないが、昨年聴き覚えたばかりのものだった。

地武太治部右衛門《じぶたじぶえもん》というそそっかしい武家に、大事な使者の役目が下る。滞《とどこお》りなく相手方の屋敷に到着したのはいいものの、なにぶん粗忽なたちで、口上を忘れてしまった。

これはしたり。大事なお役目をしくじったとなれば、腹を切っておわびをせねばならない。

地武太治部右衛門はここで一計を案じる。

幼いころより、物忘れをしたときはおしりを思い切りつねってもらえば思い出すのが常だった。かくなるうえは、それしかあるまい。

というわけで、相手方につねってもらったのだが、前からいくたびもつねられてきたおしりはさながら岩のようでびくともしない。

それから紆余曲折《うよきょくせつ》があって、大工が武家に扮《ふん》して救いの手を差し伸べることになった。指でうまくつねれないのなら、あきない道具を使えばいい。

釘抜《くぎぬ》きで思い切り尻をつねってやるのだ。

「こっちを見ちゃいけねえよ」

「承知つかまつった。……お、貴公の指はずいぶんと冷とうござるな」

捨三は高座から落ちそうなほどの熱演を続けた。

「見ちゃいけねえ、見ちゃいけねえ。なら、やるぜ」

「お手前、武家とは思えませんが」

「や、やり申す」

噺家が表情をつくって何かしゃべるたびに、どっと笑いがわく。

それまでは松竹梅膳を食す音があちこちで響いていた。ことに、蕎麦は早く食べないとのびてしまう。

ずずっ、ずずっと蕎麦を啜《すす》る音が響いていた。

だが、噺の大詰めが近づき、箸を動かす手が止まった。

捨松はいくらか身を乗り出し、弟子の高座を見守っていた。初めのころは覚えが悪く、いくたびも頭を扇子ではたいたものだが、今日の出来は上々だった。

「では、お覚悟」

「おっ……これは大層な力で、うぐぐぐっ！」

捨三の苦悶《くもん》の表情に、またどっと笑いがわいた。

「どうでえ、思い出したかい」

「忘れたまんまだったら切腹だぜ」

土間の大工衆から声が飛ぶ。

「お、思い出してござる！」

噺家はあらんかぎりの声を張り上げた。

「おお、そうでござるか」

相手方の武家の顔に喜色が浮かんだ。

「して、ご口上の文句は？」

何とも言えない表情をつくってから、捨三はさげのせりふを発した。

「それが……屋敷を出るとき、うっかり聞かずにまいった」

爆笑のなか、捨三はていねいに両手をついて頭を下げた。

そして、座布団を裏返し、客に笑顔で会釈《えしゃく》をしながら座敷に向かった。

すると、その顔がやにわに崩れた。

笑ったのではない。

待っていた師匠の顔を見るなり、弟子はわっと泣き崩れた。

いままでのこと、師匠の体のこと……。

さまざまなことが一時《いちどき》にこみあげてきて、堰《せき》が切れてしまったのだ。

「上出来だ」

あまり弟子をほめたことがない捨松が、ぽつりとそう言った。

「へい……」

捨三が袖《そで》で涙をぬぐう。

「噺家が、泣いちゃいけねえ」

そうさとす師匠の目にも、うっすらと光るものがあった。

「泣いちゃいませんや。……なら、ご隠居、段取りを進めてくださいまし」

捨三は笑顔をつくって言った。

七

「では、捨松師匠の噺の前に……」

一色英太郎はおせいのほうを見た。

「おっかさん、出番ですよ」

かたわらに控えていた竹吉が手を貸す。

高座に上がるときは梅吉も母に手を貸した。

「それでは、お耳汚しでございますが……」

おせいは、いや、端唄《はうた》の師匠の勢以はそう言うと、撥《ばち》を軽く動かした。

しゃん、と三味の音が響く。

すると、それを合図にしたかのように、猫の瑠璃が駆け寄り、ぴょんと高座に飛び乗ってひざに座った。

「はは、うめえもんだ」

「そりゃ、猫だからよ」

「主役みたいなつらをしてるぜ」

客が口々に言う。

その声のさざ波がまだ響いているうちに、勢以のつやのある声が流れはじめた。

　梅と松とや　若竹の……

なるほど、という唄選びだった。

松竹梅のすべてが文句に入っている。むろん、捨松の松も含まれていた。

　手に手引かれて　〆飾《しめかざ》りならば

嘘じゃないぞえ　本俵《ほんだわら》
海老の腰とや　千代までも　共白髪《ともしらが》
ヨーイ　ヨーイ　ヨノナカ

調子を巧みに変えながら、端唄が続く。

おめでたい席にふさわしい唄だ。

良いところへ　ゆずりはの
でも　まあ　明けましては
目出度《めでた》い　春じゃえ……

音を小粋に延ばして、勢以の端唄が響く。

ひざの猫もうっとりしたように目を閉じていた。

「お粗末さまでございました」

勢以は撥を置いて一礼した。

「よっ、江戸一」

「もう一曲」

すかさず声が飛ぶ。

隠居が目でうながした。

「では、短いものを」

控えめに言って、勢以は再び撥を手に取った。

竹になりたや　しちく竹……

これも松竹梅の竹にちなむ曲だった。

竹吉が笑みを浮かべる。

元は尺八　中は笛
末は　そもじの筆の軸
思い参らせ　候《そろ》かしく
それそれ　そうじゃいな……

とん、と最後の撥を動かすと、その音が消えるか消えないかのうちに、

「お粗末さまでした」

と、勢以はさっと頭を下げた。

今度は声がかかっても演じるまい。そんな心持ちがただちに場に伝わる。

拍手のなか、また息子たちの手を借りて端唄の師匠は高座から下りた。

勢以はおせいに戻った。

ここでどっと笑いが起きた。

瑠璃がいち早く座敷に戻り、前足であごのあたりをかきはじめたからだ。

「賢いな」

「おめえよりずっと頭がいいぜ」

猫のおかげで、松寿司に和気が満ちた。

「お茶やお酒のおかわりはございませんか？」

おとしとおれんが客に訊く。

「おう、酒をくんな」

「こっちは茶で」

いくたりかが手を挙げた。

それが一段落したところで、隠居が咳払《せきばら》いをしてから口を開いた。

「それでは、いよいよ真打ちの登場です。しばらく療治をされていた本所亭捨松師匠が、満を持して、噺を披露《ひろう》されます」

隠居は身ぶりをまじえて言った。

松寿司に盛大な拍手がわいた。

「よっ、待ってました」

「本所亭！」

掛け声が飛ぶ。

「それじゃ、捨三だって本所亭だよ」

「あ、そうか。捨松！」

そんな調子の掛け合いが続くなか、噺家はゆっくりと立ち上がった。

おいくが手を貸す。

「さ、おとっつぁん」

十年の時を経て再会した娘に手を引かれ、本所亭捨松は高座に向かった。

すでに弟子と大八が待ち構えていた。

「一《ひ》の、二《ふ》の……」

「三《み》っ！」

声を合わせて、二人がかりで噺家を高座に上げる。

その様子をじっと見守っていた医者の山崎信庵が一つうなずいた。

座敷から高座に向かうときはおぼつかない足取りだった噺家だが、いざ高座に上がってみると、急に生気が戻ったように見えた。

おいくが座敷に戻る。捨三と大八も続いた。

これで支度がすべて整った。

本所亭捨松、最後の高座が始まった。

八

「えー……」

最初のひと声が発せられたとき、往年の本所亭捨松の姿を知る者は、こぞって感慨を催《もよお》した。

盛りの時は、初めの声が発せられただけでどっと笑いが起きたものだ。それほど張りのある、脳天から抜けるような声だった。

しかし……。

いまの声はずいぶんとかすれていた。いつしか捨松の身の内に巣くってしまった病のせいだ。

それでも、噺家はにこやかな顔をつくり、おのが噺を進めていった。

「何を演《や》るかいろいろ思案してたんですが、今日の主役は猫っていうことで、猫が出てくる話を」

捨松はちらりと瑠璃のほうを指さした。

飼い主の出番が終わったせいか、猫はもう寝ている。

「大山参りの街道筋を、一人の果師《はてし》が歩いておりました」

羽織を脱ぐと、捨松はやにわに噺に入った。

「果師と申しますのは、田舎の街道筋などを流して、庄屋の蔵などから書画骨董《こっとう》の掘り出し物を見つけてくるっていう、わりかた辛気《しんき》臭《くさ》いなりわいでして、まあ一つ大きな出物があれば、しばらく安楽に暮らせるわけで、日をこんな按配に皿のようにして歩いておりました」

いくらか鈍いが、身ぶりもまじえて捨松は話を続けていった。

おいくは身を乗り出して聴いていた。

噺の舞台が母と一緒に暮らしている相州大山になっていることに、わけがあるのかどうか。いまのところはわからないが、初めて聴く父の落語に一心に耳を傾けていた。

「しばらくのどかな道を歩いてまいりますと、小汚い茶店が一軒ございました。だいぶ疲れてきた果師は、どれ、このあたりでひと休みするかと……」

急に声がかすれた。

「……気張れ」

「師匠」

控えめに声援が飛ぶ。

捨松はゆっくりと右手を挙げ、噺を続けた。

こんな筋立てだった。

茶店で休んでいると、一匹の猫が身をすり寄せてきた。ここで飼われているらしく、首に鈴をつけている。

「にゃおん、にゃあおん……」

捨松は真に迫った声を発した。

芸達者で評判を呼んだ噺家だ。何を演らせても真に迫っていた。

「にゃおん、にゃあおん……」

なき声を繰り返すと、いままで寝ていた瑠璃がむくむくと起き上がり、「何事かしら」とばかりに捨松のほうを見た。

「はは、友が呼んでるって思ってるぜ」

「まことらしいなき方だからな」

客が笑う。

表でも猫のなき声がした。またどっと笑いが響く。

「で、その猫のえさ皿を見た果師は、思わず目を疑いました。なんと、えさ皿に使われていたのは、かの柿右衛門《かきえもん》の名品だったたんですから」

捨松は噺を続けた。

果師の前に、思わぬ掘り出し物が転がっていた。

さりげなく値踏みをすると、五十両、いや、大名家なら百両出すかもしれない品だ。しめしめ、と果師はほくそ笑んだ。

ただ……。

えさ皿を売ってくれと切り出したら、あるじに怪しまれてしまうかもしれない。

ここは慎重に事を運ばなければならない。

「てなわけで……」

捨松は座り直した。

「果師はあるじにこう切り出しました。わざわざ相州の大山あたりまで来たのには、わけがあるんだ……」

「ほう、どういうわけです？」

「実は、若えころに女道楽をやってて、女房が愛想を尽かして、娘を連れてこっちのほうへ逃げちまったんだ」

それを聞いて、おいくの表情が変わった。

矢櫃登之助と目が合う。

捨松はさらに噺を続けた。

「そりゃあ、身から出た錆《さび》ですな、旦那《だんな》」

「そのとおりよ。わびの言葉もねえくらいだ。すまねえことをした。できることなら、十年前からやり直してえくらいだ」

捨松はそう言って、両手を合わせてわびるしぐさをした。

座敷でおいくが目をしばたたかせる。

噺の中に入っているが、そこだけは父の思いが素直に伝わってきた。

「それで……」

何かを思い切るように、捨松は座り直した。

「娘は猫が好きでね。ことに、茶白の縞《しま》が入ってて、赤い紐《ひも》の鈴がついてる猫が好みだったんだ」

「うちの猫とそっくりですな」

「それに、きれいなえさ皿がついてればなおいい」

「妙な好みですなあ」

「そんなわけで、この猫を、せめてものわびのしるしに、もうかれこれ十年も会ってねえ娘に……」

捨松はそこで声を詰まらせた。

松寿司は静まり返った。

表でおひなが遊ぶ声だけが響いてくる。

「うちの、大事な猫ですから」

捨松はどうにか噺を続けた。

「譲ってくれねえのかい」

「せっかくですが、うちの猫なんで」

「どうしても駄目かい」

「駄目ですな」

「なら……二両出そう」

と、指を二本突きつける。

「へ？　こんな猫に二両ですかい」

「二両なら文句はねえだろ」

「へえ、そりゃもう」

「なら、話は決まった」

捨松は手を打ち合わせた。

「猫ってのは、決まったえさ皿で食わせなきゃ具合が悪くなっちまうって聞いた。これももらってくぜ」

「ちょっとお待ちを」

「なんでえ。二両で買ってやったんだ。えさ皿をついでにもらってもいいだろう」

「そういうわけにはいかねえんで」

「なんでだ？」

「このえさ皿は、柿右衛門っていう名工がつくったものでしてね。出すところへ出しゃ、目の玉が飛び出るような値がつくんでさ」

　噺家は何とも言えない顔をつくった。

　松寿司のほうぼうから笑いがわく。

「はは、一杯食わされたね」

「こりゃいいや」

　声も飛んだ。

　さきほどは目に涙を浮かべていたおいくの表情も崩れる。

「だったら……」

　ざわめきが静まるのを待って、捨松はまた口を開いた。

「なんでまた、値打ちが分かってる器を猫のえさ皿なんかに使ってるんだ？」

「そこなんですよ、旦那」

　茶店のあるじは、得たりとばかりに答えた。

「こうしてるとね……ときどき猫が二両で売れるんでさ」

　噺を終えた捨松は、にこっと笑って頭を下げた。

　拍手が響く。

「いよっ、本所亭！」

「捨松！」

声が飛ぶ。

「さすがの名人芸だな」

「いいもの聴かせてもらったぜ」

「また頼むぜ」

客は上機嫌で言ったが、噺家は頭を上げようとしなかった。

両手をついたまま、深々とこうべを垂れているばかりだった。

「おとっつぁん……」

座敷から、おいくが近づく。

娘は父に、さりげなく手拭きを渡した。

「……ありがとよ」

細い声が返ってきた。

噺家は見られたくなかったのだ。

最後の高座を終え、涙を流している姿を。

噺のなかに、娘へのわびをまじえた。

もろもろの思いがこみあげてきて、どうにも涙が止まらなくなってしまった。

弟子の捨三、おいくを連れてきた矢櫃登之助、隠居と医者と山東京山。
みな案じ顔で噺家のほうへ歩み寄る。
本所亭捨松はようやく顔を上げた。
そして、顔から手拭きを外し、娘にそっと返した。
もう泣いてはいなかった。
力のかぎりを尽くして、すべてをやり遂《と》げた男の顔だった。

第八章　仮祝言《かりしゆうげん》

一

「どうだい、あれから師匠の具合は」

天竹の一枚板の席で、隠居の一色英太郎がたずねた。

「大きな舞台を終えたせいか、すっかり寝込んじまいましてね」

弟子の捨三が浮かない顔で答えた。

「そりゃ、いけないね」

隠居の表情も曇る。

「ただ寝込んだだけならいいんですが……」

捨三の相棒の大八が言葉を濁《にご》す。

「信庵先生が言うには、『お伝えするのがつらいことですが、覚悟をしておいたほうがいいでしょう』と」

噺家《はなしか》らしく、声色《こわいろ》をまじえて捨三は伝えた。

何とも言えない間が漂った。

もう日は落ちている。おひなの明るい声も響かない。

「おいくちゃんはどうしてるんだい？」

隠居が口を開いた。

「そりゃあもう、甲斐甲斐《かいがい》しい世話ぶりで」

「茶を入れたり、体を拭いてやったり」

捨三と大八の声がそろう。

「神信心もしてるって聞きましたけど」

おみかが言った。

「そうなんで。矢櫃《やびつ》さまが来てるときは留守を頼んで、深川の八幡さまへ願を懸けに行ってるそうで」

捨三が答えた。

「矢櫃さまとおいくちゃんは、ずいぶんと仲が良さそうですね……はい、お待ちどおさまです」

竹吉は揚げたての天麩羅《てんぷら》を出した。

寒鰈《かんがれい》の小ぶりなものを天麩羅にすると、ことのほかうまい。江戸前の海がくれた冬の恵みの味だ。

「聞くところによりゃあ、矢櫃さまはご浪人だから、べつに町場の娘を女房にしたっていっこうにかまわないみたいですぜ」

大八が告げる。

「そうかい。なら、そうしてしまえばいいかもしれないね」

隠居がそう言って揚げたての天麩羅に舌鼓《したつづみ》を打ちはじめたとき、外から提灯《ちょうちん》の灯りがゆっくりと近づいてきた。

「ごめんよ」

弟子の辰造を伴ってふらりと姿を現したのは、山東京山だった。

「いらっしゃいまし、先生」

「お座敷にどうぞ」

天竹の二人が声をかける。

「冷えるねえ、ご隠居」

京山はあたたかそうな襟巻《えりまき》姿だった。

二月（陰暦）に入ったとはいえ、月末には桜が咲くとは思われないほど夜風はまだ冷たい。

「これは、おかみに土産《みやげ》だ。うちのあきない物で悪いがね」

京山は小さな包みを渡した。

「新たに売り出される品ですか？」

おみかは瞳を輝かせた。

「だいぶ前にうちで売り出した『水晶粉』が長い評判を得ているから、ちょいと字を足して『真打水晶粉』にしてみたんだ」

「さようですか。それはありがたく存じます」

おみかはうやうやしく品を受け取った。

「これでますますべっぴんになりますな、おかみ」

捨三がすかさず追従《ついしょう》を言う。

「まあ、元が悪いので」

そう言いながらも、おみかはまんざらでもなさそうな様子だった。

京山が言う「うち」とは、京橋の京伝店のことだ。

亡き兄の山東京伝が始めたころは、袋物や煙管《キセル》や丸薬などをあきなっていた。

あきない上手《じょうず》の京伝はおのが戯作《げさく》のなかでも盛んに宣伝し、その甲斐もあってずいぶんな人気店になった。

いま話に出ていた「水晶粉」を売り出すなど、京山も化粧品に力を入れて盛り立てていた。兄亡きあとは見世《みせ》を思い切って改装し、次々に新たな品を売り出して結構な羽振りだった。

「ときに先生、捨松師匠の具合が相当悪いようなんですよ」

隠居が告げた。

「そうですか……」

京山は眉間《みけん》にしわを寄せた。

「医者の診立《みた》ては？」

「それが芳《かんば》しくなく、覚悟をしておいたほうがいいと」

一色英太郎が答える。

また間があった。

「娘さんは、そばに？」

京山は声を落として問うた。

「ええ。甲斐甲斐しくおとっつぁんの世話をしてまさ。おいらに死に水を取られるより、よっぽどましで……」

捨三は急に声を詰まらせた。

座敷に酒と茶が運ばれた。

京山はあまり酒に強くないので、いつも一本だけだ。ただし、三十二文する上等の下り酒を呑む。何も言わなくても、天竹ではいつも同じ銘酒《めいしゅ》が出た。

「血を分けた子に看取《みと》られるのが何よりだね」

京山はしみじみと言った。

「ま、最後の高座もつとめ終えたことだし……あとは、一日でも長く、親子水入らずで暮らしてもらいてえと」

弟子はそう言って注がれた酒をあおった。

こちらは十文の安酒だ。

「せめて、親子で花見をしてもらいたいね」

京山が言うと、かたわらの辰造が一つうなずいた。

「親子で思い出したんですが、先生。丑蔵のほうはどうですかい？」

隠居がたずねた。

「毎日、気張って蕎麦《そば》の屋台をかついでますよ。うちの見世の荷下ろしなども手伝ってくれるので助かってます」

京山が答える。

「へえ、変われば変わるもんだねえ」

大八が感心したように言った。

「ほんに、うちの道楽息子に爪の垢《あか》を煎《せん》じて呑ませたいところだよ」

京山は顔をしかめた。

長男のその名も筆之助《ふでのすけ》に二代目京伝を名乗らせたのはいいが、べつに修業をするわけでもなく、あきないにも身を入れず、道楽ばかりしている。京山にとっては頭の痛い馬鹿息子だった。

「盗賊の残党のほうはどうですかい？」

声をひそめて、捨三が問うた。

「いまのところは、そんな気配はないね。当人も用心して、番所の近くでしか屋台を出していないみたいだから」

京山は答えた。

「それなら、まあ安心ですな」

「いざとなったら、番所へ駆けこめばいいんだから」

よろずお助けの二人がうなずく。

それから、おいくと矢櫃登之助がいい仲らしいという話が京山に伝えられた。

「だったら、おとっつぁんの前で仮祝言《かりしゅうげん》を挙げてしまえばどうかな？」

京山はすぐさま言った。

「ああ、なるほど」

隠居が軽く手を打ち合わせる。

「仮祝言って言ったって、べつに構えたものじゃなくてもいいだろう。縁起物と固めの盃《さかずき》くらいで十分だ」

あきない上手の戯作者らしく、次々に案が出てくる。

「なら、明日にでも言ってきまさ。おまえら、もたもたしてねえで早くくっつけって」

捨三が身ぶりをまじえて言う。

「そりゃ、ずいぶんとまっすぐな言い方だな」

と、大八。

「でも、もたもたしてたら、師匠があの世へ行っちまうぜ。向こうからこうやって戻ってきてもらうわけにゃいかねえだろう」

噺家らしく幽霊の真似で笑いを取りながら、捨三が言った。

「縁起物なら、やはり鯛《たい》でしょうね」

竹吉も段取りを進めた。

「鯛だったら、お寿司にも天麩羅にもできるし」

おみかも言う。

「それに、『細く長く』の縁起物の蕎麦があれば言うことがないね」

京山がまた知恵を出した。

「それじゃ、盛大に焚《た》きつけてきまさ」

捨三がうちわであおるしぐさをした。

二

明くる日――。

昼下がりの両国橋東詰の汁粉屋《しるこや》の座敷に、本所亭捨三の顔があった。

その前に、矢櫃登之助とおいくが座っている。

おいくがいつものように矢櫃登之助に父の世話を任せ、八幡さまへ願懸けに出ようとしたとき、捨三と大八が入ってきた。

「ちょいと大事な話があるので、そこの汁粉屋にでも」

捨三が切り出した。

「ええ、でも、おとっつぁんのことは……」

おいくは困った顔つきで答えた。

「おいらがちゃんと見てるんで。もし何かあったら、信庵先生のところまで走るから」

大八が腕を振ってみせた。

「行っといで……」

かすれた声で、床に伏している捨松が言った。

「おれはまだ死にそうにねえから」

噺家はそう言って笑みを浮かべた。

そんなわけで、捨三の案内のもと、矢櫃登之助とおいくは汁粉屋の小上がりの座敷に座った。

両国の東西の橋詰はにぎやかな場所で、見世物や芝居の小屋もあれば、団子屋や茶見世なども並んでいる。

そのなかで、筋のいい汁粉を出すことで評判の寿屋《ことぶきや》に捨三は二人を案内した。

「おいくちゃんはこれから願懸けがある。手間を取らせねえように、ずばっと話の勘どころからいかせてもらいまさ」

捨三はいつもより早口で言った。

「どういう勘どころだ?」

矢櫃登之助がいぶかしげに問うた。

「はた目から見てる連中はみんな言ってるんですが、矢櫃さまとおいくちゃんはお互いに憎からず思ってるんでしょう?」

たしかに、いきなりの勘どころだった。

「そ、それは……」

居合道場の師範代は、にわかに狼狽《ろうばい》しはじめた。

「登之助さまは、ご身分が違いますので」

おいくが真っ赤な顔で言った。

汁粉が来た。

矢櫃登之助がやにわに蓋《ふた》を取って口に運び、

「熱っ」

と言って顔をしかめる。

「お熱いのはお二人の仲でございましょう」

捨三が声の調子を上げた。

「聞くところによれば、矢櫃さまは失礼ながらご浪人、背負う家がないのであれば、町場の娘さんを女房にしたって何の不都合もありますまい」

「いや、まあ、それはそうなのだが……おいくちゃんは迷惑やもしれぬ」

矢櫃登之助の顔も真っ赤になっていた。

「迷惑だなんて、とんでもないことでございます」

おいくはあわてて手を振った。

「なら、話は早えや……ああ、相変わらずうめえな、ここの汁粉は」

捨三は半ばほど汁粉を啜《すす》り、椀を置くと、やおら本題に入った。

「いずれ夫婦《めおと》になるんだったら、うちの師匠の目が黒いうちに仮祝言を挙げたらどうかと思ってね。いや、これはおいらの知恵じゃなくて、京山先生がそうおっしゃってくれたんですが」

噺家の言葉を聞いて、矢櫃登之助とおいくがほぼ同時にうなずいた。

「娘さんが仮祝言を挙げるってことになったら、師匠はどんなにか喜ぶだろうって思うと、弟子のおいらまでうるうるしてきちまうよ」

捨三がおのがまなこを指さす。

「……承知した」

矢櫃登之助が座り直した。

「いずれ、大山へまた挨拶《あいさつ》に行こう」

おいくの顔を見て笑みを浮かべる。

「おっかさんのところへ？」

「そうだ。もし不承知ということになれば、おれが大山へ行く」

居合の剣士はきっぱりと言った。

「登之助さま……」

おいくは続けざまにまばたきをした。

「よし、決まった！」

捨三は両手を打ち合わせた。見世じゅうの者が振り向くほど大きな音だった。

「だったら、松竹梅で縁起物の膳を出す段取りになってるんで、さっそく伝えてきまさ。早えほうがいいんで、段取りが整ったら明日にでも」

噺家はどんどん先へ進めた。

「ずいぶん急だな」

矢櫃登之助がそう言って、思い出したように汁粉を呑みだした。

「善は急げ、ですから」

捨三は腕をまくった。

「では、半原先生にも伝えてくることにしよう」

どこかさっぱりした表情になって、道場の師範代が言う。

「それが良うございましょう。……お、汁粉が冷めちまうぜ、おいくちゃん」

「はい」

噺家にうながされたおいくは、椀に手を伸ばした。

「おいしい……」

いくらか呑んだところで、おいくはほっと息をつき、感に堪えたように言った。

「忘れられねえ味になったな」

捨三が言う。

おいくは恥ずかしそうな笑みを浮かべ、こくりとうなずいた。

三

「いつもより細く長く打ったので」

梅吉が笑みを浮かべた。

やぶ梅の厨《くりや》の一角に、松竹梅膳が並んでいる。

「それに、あまりのびないように硬めにゆでてありますから」

おれんも言葉を添えた。

「気が利くねえ」

捨三が顔をほころばせる。

ねじり鉢巻きで、慳貪箱《けんどんばこ》を手にしている。

「お、うまそうじゃねえか」

「何か祝いごとでもあるのかい？」

一枚板の席に座った午《ひる》の客がのぞきこんで問う。

「これから仮祝言があるんでさ」

噺家が答えた。

「いまから長屋へ運ぶところで」

相棒の大八が和す。

「はい、松竹梅の梅も入りましたよ」

どこか唄うように、おれんが言った。

「お、さっそく運びましょう」

と、捨三が膳を慳貪箱に入れようとしたとき、隠居の一色英太郎があわただし
く入ってきた。

「ああ、こっちだったんだね。松竹梅と渡り歩いちまったよ」

苦笑いを浮かべて言う。

「鯛の寿司に天麩羅、それから蕎麦っていう按配でして」

捨三が答える。

「いまから運びまさ」

大八がもう一つの慳貪箱を手に取った。

「だったら、蕎麦がのびないうちに行こうかね」

一色英太郎が言った。

仮とはいえ祝言だから立ち会う者が要る。元同心の隠居に、居合道場の師範の

半原抽斎《ちゆうさい》なら不足はない。

「なら、行ってきまさ」

捨三がいい声を響かせた。

「お気をつけて」

「お二人に、よしなに」

やぶ梅の二人の声に送られて、一行は外に出た。

路地では天竹のおひなが近くの朋輩《ほうばい》とともに毬《まり》遊びをしていた。

「おじちゃん、どこいくの？」

その手を止めて、無邪気に捨三に問う。

「これから、おいくちゃんと矢櫃さまの仮祝言があるんだ。その膳を運んでくところなんだよ」

「かりしゅうげん、って？」

八つの娘は小首をかしげた。

「夫婦《めおと》になるってことさ」

「あと十年もしないうちに、おひなちゃんもだれかのとこへお嫁に行くんだぞ」

隠居が笑みを浮かべて言った。

「……いかない」

おひながそう答えたから、路地に笑い声が響いた。

「まあ、そう言ってるうちが華《はな》だぜ」

「かわいいったらありゃしねえ」

捨三と大八が笑う。

「ふん」

おひなはほおをふくらませた。

「じゃあ、またな」

そんな調子で路地を出て、三人は捨松とおいくが暮らしている長屋に向かった。

四

「では、固めの盃を」

一色英太郎が朱塗《しゅぬ》りの酒器を手に取った。

仮祝言とあって、おいくは白無垢《しろむく》ではないが、よそいきの紬《つむぎ》の着物に身を包んでかしこまっている。

片や、矢櫃登之助は紋付袴《もんつきはかま》だ。威儀を正すと、若き剣士の男ぶりがなおいっそう引き立った。

二人が固めの盃をかわす姿を、捨松は目を細めて見ていた。

おいくが矢櫃登之助の嫁になるという話を告げたところ、病床の父はいくたびもうなずき、目をしばたたかせた。

「そうかい……そいつぁ良かった」

捨松は本当に嬉《うれ》しそうだった。

「おめえのことは、ずっと案じてたんだが、これで、肩の荷が下りたぜ」

何度も息を入れながら、捨松は言った。

「だから、おとっつぁんも安心して長生きしてね」

おいくは言った。

「いや……もう、思い残すことはねえや」

「ありますぜ、師匠」

捨三がすかさず言った。

「何がだ？」

いぶかしげに捨松は問うた。

「夫婦になったら、遠からずややこができるでしょうに。師匠にとってみりゃ、かわいい孫ですぜ、孫」

捨三はややこを抱くしぐさをした。

「孫か……」

捨松は遠い目つきになった。

「気張りますので」

矢櫃登之助はそう言って顔を赤らめた。

かたわらに座ったおいくの顔も真っ赤になった。

その二人がいま、固めの盃を終えた。

「では、これより先は無礼講にて、膳をいただくことにしましょう」

半原抽斎が身ぶりを添えて言った。

「なら、さっそく」

「めで鯛の寿司と天麩羅で」

捨三と大八が膳の蓋を取った。

「御酒《ごしゅ》とお茶のお代わりはお申し付けください」

松竹梅からただ一人、手伝いに来ている松寿司のおとしが手を挙げた。

「さ、おとっつぁん」

おいくが父のもとへ膳を持っていった。

「ああ、すまねえな」

捨三の力を借りて、捨松は身を起こした。

「お蕎麦がいい？　お寿司は食べられる？」

おいくは箸《はし》を構えて問うた。

「蕎麦くらいしか、入らねえな」

噺家はさびしそうに言った。

「じゃあ、お蕎麦を……」

「蕎麦くらいは、たぐれるぜ」

捨松はおいくから箸を取り、おのが手で啜りはじめた。

だが、その手つきはいたって弱々しかった。扇子《せんす》を箸に見立てて、何度もたぐり直しながら蕎麦を啜る真似をする往年の芸は皆がうなったものだが、その面影はどこにもなかった。

しかも、すべてを平らげることはできなかった。松竹梅膳のなかの蕎麦だから大した盛りではないのだが、それでもいまの捨松には荷が重かった。

「もうごちそうさま？」

おいくが訊《き》く。

「ああ……すまねえ」

捨松は箸を置いた。

「ではここで、余興に端唄《はうた》を」

隠居が仮祝言の場に招いたおせいを手で示した。

捨松が蕎麦を弱々しく啜るさまを見て、皆が沈みかけたところに、三味《しゃみ》の音がしゃんと鳴った。

「では」

おせい、いや、勢以は、今日もひざに瑠璃をのせていた。

「若いお二人のおめでたい仮祝言ということで、余興に一曲」

また、とん、と三味線が鳴る。

「よっ、名調子」

捨三があおる。

「まだやってませんよ」

軽くいなすと、勢以は艶《つや》のある声で唄いだした。

いく野の道は　遠けれど
高き峠《とうげ》に　登之助……

「なるほど」
隠居が小声で言って、軽くひざを打った。
百人一首に採られている小式部内侍《こしきぶのないし》の歌「大江山《おおえやま》いく野の道の遠ければまだふみもみず天《あま》の橋立《はしだて》」と同じく、「いく野」は「行く野」と「生野」を懸けている。むろん、そればかりではない。おいくの名も折りこまれていた。登之助も含めて、二人の名を入れるという小粋《こいき》な趣向だ。

はるかに見ゆる　美《は》しき海
ハァ　目出度《めでた》やな　目出度やな……

長い尾を曳《ひ》く声がとぎれ、三味線がきれいに締めた。
「よっ……今度はほんとに名調子」

捨三が笑いを取る。

「お粗末さまでございました」

勢以が撥《ばち》を置いて礼をする。

ひざで寝ていた瑠璃がむくむくと起き上がり、大きなのびとあくびをしたのでまたどっと笑いがわいた。

「では、締めに登之助からひと言」

道場主が挨拶をうながした。

「は、はい……」

いきなりそう言われた剣士は、座り直してほっと息を整えると、やおら口を開いた。

「所帯を持つことになったので、向後も居合の道に精進し、門人の指導に努めたいと思っております」

「私のほうを見て話さずともよかろう」

半原抽斎はすかさず注意した。

「義理の父親になる人に、何か言うことはないかい？」

隠居が温顔で言った。

「はい……」

矢櫃登之助はうなずき、本所亭捨松のほうを向いた。

「おいくちゃんを、大事にしますので」

若き剣士は正座のまま頭を下げた。

「娘を……よしなに」

喉の奥から絞り出すように、捨松は言った。

「笑いを取らなきゃ、師匠」

捨三が口をはさむ。

だが、そう言う弟子の目にも光るものがあった。

「承知しました。大事にいたします」

義理の息子になる男はていねいに一礼した。

「どうかよろしゅうに」

おいくが笑う。

「ああ」

矢櫃登之助も、穏やかな笑みを返した。

第九章　まぼろしの高座

一

桜便りがちらほらと聞かれるようになったころ、本所亭捨松の具合はいよいよいけなくなってきた。

往診に来た山崎信庵も、芳《かんば》しい診立《みた》ては示さなかった。

「患者さんが食べたいもの、したいことなど、なるたけ望みを聞くようにしてあげてください」

本道《ほんどう》の医者は、もう療治の道筋を示そうとはしなかった。

「承知しました」

矢櫃《やびつ》登之助はていねいに頭を下げ、おいくの顔を見た。

噺家《はなしか》の娘もうなずく。

「では、これにて」

医者は伏し目がちに言って、帰っていった。

「何か食べたいものはある？　おとっつぁん」

ややあって、おいくは気を取り直したようにたずねた。

「そうさな……」

もう頭を上げることもかなわなくなってしまった捨松が、思案顔でおもむろに口を開いた。

「何でも言って。登之助さまが運んできてくださるから」

と、おいく。

「ああ、なら……かけ蕎麦《そば》が、食いてえな」

思いがけない返事があった。

「かけ蕎麦ね。おとっつぁんはいつも、もり蕎麦だったけど」

おいくが答える。

「みんな、おれの、もり蕎麦の食い方を……」

右手がゆっくりと動いた。

「ああ、人目があるから」

「もり蕎麦ばかり、あえて注文していたわけですね」

矢櫃登之助も得心のいった顔つきになった。

「そうだ」

捨松はうなずいた。

「本所亭捨松が、かけなんか、食ってやがるぜ……そう言われるのが、嫌で、かけは、食えなかった」

いくたびも息を入れながら、噺家は言った。

「やせ我慢してたのね、おとっつぁん」

おいくが笑みを浮かべる。

「寒い時分に、みんな、かけを食ってるのを見て、うらやましいな、おれも食いてえな、と思いながら、せいぜい、蕎麦がきしか……」

「皆がもりの啜《すす》り方を期待するので、頼むに頼めなかったわけですね？」

矢櫃登之助が問う。

「ああ」

捨松は短く答えた。

「だったら、存分に食べて。だれも見てないから」

と、おいく。

「さっそくやぶ梅に出前を頼んでこよう」

居合の剣士が腰を浮かせた。

「登之助さまが慳貪箱《けんどんばこ》で運ばれては？」

おいくが水を向けた。

「ああ、それもそうだな。出前より手っ取り早い」

矢櫃登之助は白い歯を見せた。

「すまねえな……」

捨松が両手を合わせた。

「なんの。では、行ってきます」

「気をつけて」

女房になったばかりのおいくが笑顔で送り出した。

二

日は西に傾きだしてきたが、暮れるまでには間がある頃合いだった。

そろそろ桜のつぼみがほころびはじめているが、川筋の風はまだ冷たい。

「お、矢櫃さま、急いでどちらへ？」

路地が近づいたところで、声がかかった。

本所亭捨三だった。

「かけ蕎麦を所望されたので、やぶ梅へ行くところだ」

矢櫃登之助が答える。

「師匠が珍しくかけ蕎麦ですかい？」

弟子は驚いたような顔になった。

「そうだ。いままでは人目があるから、寒い時分でもかけ蕎麦を頼めなかった。ぜひに食べたい、と」

「そうですかい。食べたいっていう欲があるなら、まだ大丈夫でさ」

と、捨三。

「やぶ梅のあたたかいかけ蕎麦を胃の腑《ふ》に落とせば、寿命も延びるだろう」

居合道場の師範代が言う。

「そうあってもらいてえですな。……なら、おいらは便利屋のつとめがあるもんで、どうかよしなに」

「分かった」

さっと右手を挙げ、噺家と別れると、矢櫃登之助は先を急いだ。

やぶ梅には先客がいた。

船大工の卯之助と善三、それに、暇な寄合の本多玄蕃《げんば》だ。

「かけを一杯……では、悪いから、二杯。わたしが慳貪箱で運ぶので」

矢櫃登之助は身ぶりをまじえて言った。

「捨松師匠のでございますか？」

梅吉が問う。

「そうだ。いつも、もり蕎麦ばかりだったから、ぜひにかけ蕎麦を食べてみたいという望みでな」

「だったら、やわらかくしたほうがようございますね」

おれんが言う。

「そうだな。そのほうが食べやすかろう」

矢櫃登之助がうなずいた。

「承知しました。ちょうどいい按配にゆでますので」

梅吉は引き締まった表情になった。

「師匠の具合はどうなんです？」

「あまり芳しくねえって大八から聞きましたが」

二人の船大工が言った。

「まあ……なんとかな」

矢櫃登之助はあいまいな返事をした。

「ここのあたたかいかけ蕎麦を食ったら、だいぶ持ち直すだろう」

気のいい武家が言う。

「そうあってもらいたいものです」

願いをこめて、矢櫃登之助は本多玄蕃に答えた。

「身の養いになるように、具を増やしますので、しばしお待ちくださいまし」

厨《くりや》で手を動かしながら、梅吉が言った。

「それはありがたい」

矢櫃登之助はそう言って、一枚板の席に腰を下ろした。

かけ蕎麦には紅白の蒲鉾《かまぼこ》が入った。さらに、戻した干し椎茸《しいたけ》にゆでて絞った青菜が加わる。彩《いろど》り豊かな一杯になった。

仕上げに、柚子《ゆず》の皮を加え、刻み葱《ねぎ》を添える。

「お待たせいたしました」

梅吉はかけ蕎麦の丼《どんぶり》にしっかりと蓋《ふた》をした。

「思いのこもった、やぶ梅のかけ蕎麦でございます」

おれんが慳貪箱に入れる。

「たしかに受け取った」

矢櫃登之助がしっかりとつかんだ。

「では」

若き剣士は急ぎ足でやぶ梅を出た。

「師匠によしなに」

「良くなってくれよ」

その背に、船大工たちの声が届いた。

三

「さ、おとっつぁん」

おいくが箸《はし》を取り、まだ熱の残っている蕎麦を父の口元に運んだ。

土間では矢櫃登之助が柄杓《ひしゃく》で水を呑んでいた。

なまじ走るとつまずく恐れがあるため、大股の急ぎ足で戻ってきた。すれ違った者たちがこぞって驚くほどの速さだったから、さすがに少し息が切れた。

「ああ……」

捨松は素直に口を開けた。

やわらかめにゆでられた蕎麦をいくたびかかみ、胃の腑に落とす。

「おつゆも」

これも素直に従った。

「……うめえ」

捨松はそう言って、目をしばたたかせた。

「かけ蕎麦のつゆは、こんなにも、あったけえんだ」

噺家は感に堪えたように言った。

「もり蕎麦のつゆの蕎麦湯よりあったかい？」

おいくが訊《き》く。

「ああ。蕎麦湯より、味が……まるい」

捨松はそう言ってうなずいた。

「なるほど、味がまるいと」

矢櫃登之助が静かに歩み寄って言う。

もう一つの丼を手に取り、いくらか離れたところに座る。

おいくの分は頼まなかった。捨松が全部かけ蕎麦を平らげることは考えづらかったからだ。

「いままで、気づかなかった。噺家は、一生、勉強だな」

もう最後の高座を終えたというのに、捨松はそんなことを言った。

「さ、もっと食べて。具もいろいろ入ってるから」

おいくがすすめる。

「なら……紅《あけ》え蒲鉾をくれ」

「あい」

娘が箸でそれをつまんだ。

どうにかかじると、父はゆっくりと時をかけてかんだ。

「おいしい？」

おいくの問いに、捨松はこくりと首を縦に振った。

それから、ふと思いついたように言った。

「もうじき、桜が、咲くな」

噺家は遠くを見るまなざしになった。

「もうつぼみがほころんでるわよ」

おいくが答える。

「花見に、行きてえな」

捨松はぽつりと言った。

「運びますよ、いくらでも」

かけ蕎麦を食べる手を止め、矢櫃登之助が声をかけた。

「そのためにも、もう少し食べて精をつけて、おとっつぁん」

おいくはさらにかけ蕎麦をすすめた。

捨松は笑みを返した。

しかし、それきりもう食べようとはしなかった。

四

本所の桜が咲きはじめた。

ことに、捨松が気にかけていたのは、一ツ目之橋のたもとに植わっている小ぶりの桜だった。

最後の高座をつとめた松寿司へ向かうとき、寄り道をして枝だけをしみじみとながめた、あの桜だ。

「そうかい……咲いたかい」

床に伏したまま、捨松は言った。

「まだほんのちょっとだけど、きれいな花が咲きだしてるよ、おとっつぁん」

おいくが笑みを浮かべて伝えた。

「……見てえな」

少し間を置いてから、捨松は答えた。

「だったら、わたしの背にお乗りください。橋のたもとまで運びますから」

矢櫃登之助がおのが背を指さす。

「なら、悪いが……」

捨松は身を起こそうとした。

「行くの？」

おいくが案じ顔で問う。

「ああ」

父は短く答えた。

「なら、あったかい恰好《かっこう》で、襟巻《えりまき》もして」

「分かった」

ややあって、支度が整った。

「では、花見に」

噺家を背に乗せて、矢櫃登之助は歩きはじめた。


途中でよろずお助けの二人にばったり会った。

「おや、師匠、どちらへ？」

弟子の捨三が問う。

「一ツ目之橋のたもとでお花見をと」

おいくが答えた。

「そりゃ、ずいぶんと近場で」

捨三が笑った。

「おいらは、あの桜が……」

捨松の言葉はそこで途切れた。

「見たかったのね、おとっつぁん」

代わりにおいくが言う。

「なら、一緒に」

「気の早い花見で」

「仕事はいいのか？」

大八も乗ってきた。

矢櫃登之助が問う。

「知り合いの障子紙の張り替えなんで、どうとでもなりまさ」

捨三は糊《のり》の入れ物を少し持ち上げた。

朝のうちは曇っていたが、にわかに日が差してきた。

「おっ、どこ行くんだい、師匠」

河岸《かし》から声がかかる。

「そこんとこの橋のたもとで花見を」

捨三がいい声を響かせた。

「だいぶ近場だな」

「花見と湯屋は近えのがいちばんさね」

「はは、違えねえ」

河岸で働く男が笑った。

ほどなく、目指す桜が見えてきた。

「さあ、着きましたよ」

矢櫃登之助が歩みを止めた。

「……ありがとよ」

おいくの手を借り、捨松がゆっくりとその背から下りた。

五

「敷くものがねえな。おいら、借りてきまさ」

大八がそう言うなり、河岸のほうへ駆け出していった。

「手伝うぜ」

捨三も続く。

二人があわただしく去ったあと、病み衰えた噺家はゆっくりと顔を上げた。

「咲いてるな……」

捨松は小さな花を見上げた。

「ああ、咲いてる」

おいくも同じ枝を見る。

開いている花はまだ数えるほどだが、たしかに桜は咲いていた。

「この花が、咲くまで、こっちにいようと、思ってな」

いくたびも言葉を切りながら、捨松は言った。

おいくは答えなかった。

どう返事をすればいいのか分からなかった。

しばらく風に吹かれて、皆で桜を見ていた。

春の日ざしが神の御恩《ごおん》のように差しこんでくる。見過ごされそうな小さな枝だが、懸命に開いている川筋の桜は美しかった。

「おーい……」

よろずお助けの二人が戻ってきた。

茣蓙《ござ》を手にしている。

「さ、師匠、座ってくだせえ」

捨三が少し息を切らして告げた。

「すまねえ」

矢櫃登之助とおいくの手を借り、噺家は茣蓙に座った。

あぐらではない。正座だった。

「高座みてえだな」

本所亭捨松はぽつりと言った。

「やっておくんなせえよ、師匠」

弟子が言う。

「長屋の花見の噺とか、むかし聴いたとき、腹がよじれるほどおかしかったからな」

大八も風を送る。

「いや……」

捨松は首を横に振った。

「最後の高座は、もう、松寿司でやった」

噺家はそう言って、目をしばたたいた。

「次は……向こうで、やるぜ」

捨松は桜のほうを指さした。

その指先はわずかにふるえていた。

おいくが何か言いかけてやめた。

その唇も、風に吹かれた桜の花びらのようにかすかにふるえている。

「独演会ですな」

弟子が無理に笑顔をつくった。

「ああ、聴いてるのは……」

捨松はいったん言葉を切り、竪川の流れに目をやってから続けた。

「鬼《おに》か、亡者《もうじゃ》かしれねえけどよ」

「いい噺ができそうじゃないすか」

捨三が言った。

「いいのが、できたら」

捨松は両手を前へだらりとたらした。

「こうやって、戻ってきて、聴かせてやるぜ」

噺家らしく、衰えても笑いを取ろうとする。

「はは、そりゃあいいや」

大八が素直に笑った。

「両国の橋詰の小屋でやったら、押すな押すなの騒ぎになりますぜ」

弟子が大仰《おおぎょう》な身ぶりをまじえて言う。

「楽しみに、してな」

父は娘の顔を見た。

おいくは目にいっぱい涙をためてうなずいた。

「もうじき……」

捨松はまた川の流れを見た。

短い橋が架かるだけの幅だが、それでも水は懸命に流れていた。

「また、噺ができるぜ」

捨松はそう言うと、背筋を伸ばした。

「えー……」

高座に座っているような顔で、噺家は声を発した。

だが……。

その声は、ひと声しか続かなかった。

本題には入らなかった。

最後の高座は、まぼろしとなった。

本所亭捨松が息を引き取ったのは、翌朝のことだった。

おいくと矢櫃登之助に看取《みと》られて、噺家は静かに逝《い》った。

眠るがごとき、安らかな死に顔だった。

第十章　人情の味

一

「なら、今日はこのへんで」

丑次郎が高座から頭を下げた。

「お疲れさまです、師匠」

松吉がすかさず労をねぎらった。

ここは松寿司――。

丑《うし》の日にかぎって行われる丑次郎の寿司の実演が、いま終わったところだった。

鶴松が手を貸し、高座から座敷へいざなう。

「さっそくいただきまさ」

「師匠の巻き物は珍しいからな」

座敷に陣取っていた花組の火消し衆から声が飛ぶ。

「食べよい長さに切りますんで」

おとしが笑顔で言った。

「おれら、かぶりついてもいいぜ」

「そりゃあ行儀が悪いぞ」

そんな按配でにぎやかだった座敷が、花組のかしらの花介のひと言で急にしんみりとした。

「あそこに座って、落語をやってたんだな、死んだ捨松師匠は」

と、丑次郎が下りたばかりの高座を指さす。

「早いもんだね」

一枚板の席から、隠居の一色英太郎がぽつりと言った。

本所亭捨松が亡くなり、初七日も済んだ。噺家《はなしか》がながめた桜はあっという間に満開になり、花散らしの風に乗って川面《かわも》へと散っていった。

おいくと矢櫃《やびつ》登之助は相州の大山へ向かった。母のおそめに捨松が亡くなったことを告げるとともに、二人が所帯を持って江戸で暮らす許しを得るためだ。

「では、三色《みいろ》をそろえてお出しします」

場の気を換えるように、松吉が言った。

隣で鶴松が小気味よく包丁《ほうちょう》を動かし、丑次郎の巻き物を切る。

握りや散らしばかりでなく、巻き簾《す》を使った寿司もなかなかに華《はな》がある。丑次郎が披露《ひろう》したのは、鮪《まぐろ》のづけ巻き、お新香巻き、それに、玉子焼き巻きの三種だった。

「大桶《おおおけ》でお出ししますので、しばしお待ちくださいまし」

おとしが座敷に言う。

「わたしは小皿でいいからね」

隠居が笑みを浮かべた。

ほどなく、桶が座敷に運ばれていった。

「おお、来た来た」

「三色がそろうと豪勢だな」

しんみりしていた場が、またにぎやかになった。

「三色って言っても、お新香と玉子は似たようなもんで悪いんだが、ま、食ってやってくださいまし」

丑次郎が手で示した。

「悪いなんてことがあるかよ」

「そうそう、ぜいたくな玉子の巻き寿司なんて、おれら、ちょくちょく食えるもんじゃねえや」

「さっそくいただきまさ」

手が次々に伸びた。

玉子はずいぶんと値が張るが、今日はちょうどつてがあって、わりかた安く仕入れることができた。

松寿司だけでは悪いので、弟たちにも声をかけた。数に限りがあるため、竹吉が梅吉にゆずった。

おかげで、やぶ梅では玉子とじ蕎麦《そば》を出しているらしい。これも冷える晩にはいい。隠し味に生姜《しょうが》を加えたりすると、ことに風邪に効く。

「細かい仕事をしてるねえ。お新香巻きの胡麻《ごま》がいい風味を出してるよ」

隠居がうなった。

「ありがたく存じます」

丑次郎が頭を下げた。

「鮪のづけもいいじゃねえか」

「もちろん、玉子焼きも」

「丑の日しか食えねえのはもったいねえや」

火消し衆の評判も上々だった。

「ときに、せがれの丑蔵のほうはどうだい」

かしらが問うた。

「相変わらず、京山先生のとこにやっかいになってるようで」

と、丑次郎。

「屋台もちゃんとやってると」

「ま、やってるみたいですがね」

寿司職人は首をかしげた。

「せっかくだから、寿司も出すようにしたらどうです？」

纏持《まといも》ちの花造が問う。

「おう、そりゃ豪勢だな」

「蕎麦と寿司をいっぺんに食えりゃ、言うことなしだ」

火消し衆から声が飛んだ。

「なんにせよ、まだつらを隠してあきないをしてるんで」

丑次郎はほおかむりをするしぐさをした。

「まだ残党がいるってわけか」

「そりゃ、そっちの息子さんに退治してもらわなきゃ」

かしらが隠居を指さした。

「うちのは、ただの本所方の同心だからね」

一色英太郎は苦笑いを浮かべた。

「時が経てば、どうにかなるだろうよ」

丑次郎がそう言って、すすめられた猪口《ちょこ》の酒を口に運んだ。

「そうだな。押し込みをやらかすような連中がのさばってたんじゃ、枕を高くして寝られねえから」

花介が言う。

「まったくでさ、かしら」

「おれらが見っけたら、番屋に突き出してやりまさ」

火消しの若い衆が頼もしいことを言った。

二

同じころ――。

相州大山のある家の座敷に、矢櫃登之助とおいくの姿があった。

座敷には大きな土鍋が据えられている。

湯豆腐《ゆどうふ》だ。

大山は水が良いから、質のいい豆腐ができる。

「ま、どんどん食べてくださいまし」

身ぶりをまじえて言ったのは、当家のあるじの八郎太《はちろうた》だった。

「かたじけない」

まだいくらか硬い表情で、矢櫃登之助は告げた。

用向きはすでに伝えた。

庄屋の分家筋である八郎太の後妻になったおそめに、まず捨松が亡くなったことを伝えた。

夫婦《めおと》別れをしたとはいえ、かつてはともに暮らした仲だ。泣きはしなかったが、さすがにおそめはあいまいな顔つきだった。

続いて、矢櫃登之助と縁ができ、勝手ながら仮祝言《かりしゅうげん》も済ませたことを伝え、おそめの許しを得ようとした。

「そうかい……」

話の一部始終を聞き終えて、おそめは一つうなずいた。

「お武家さまに見初《みそ》められるなんて、ずいぶんとほまれじゃないか。おまえの好きにおおし、おいく」

母はそう言ってくれた。

そういうわけで話が決まり、夕餉《ゆうげ》が運ばれてきた。

だしぬけに訪れたから、むろん祝い料理ではないが、豆腐ばかりでなく、地のものが次々に運ばれてきた。

矢櫃登之助には、八郎太がいくたびも酒を注いだ。初めは硬かった若き剣士の表情も、杯が重なるにつれてやわらいでいった。

「これは何の肉です？」

運ばれてきた焼きものを指さして、矢櫃登之助は問うた。

「鹿《しか》でございます。味噌漬《みそづ》けにした鹿肉を焼くのは、当地の名物料理の一つでして」

あるじが笑顔で答えた。

さっそく食すと、いくらか癖がなくもないが、味噌の加減が絶妙だった。

「これはうまい。また食べに来ますよ」

矢櫃登之助はそう請け合った。

「でも、大山は講《こう》を組んで江戸からお参りに来るほど遠いので」

おそめが言う。

「この近くに、同門の剣士の道場があるんです。その顔を見がてら、毎年、里帰りをしますよ」

「さようですか。なら、そのたびに鹿肉をたんとお出ししましょう」

八郎太は破顔一笑《はがんいっしょう》した。

「そのうち、孫ができるかもしれないからね。つれておいで」

捨松の死を告げられたときとはだいぶ違う顔つきで、おそめは言った。

「でも、歩くまでにはだいぶ時が……」

「それくらいは、おれが負ぶって歩くさ」

矢櫃登之助がおいくをさえぎって言った。

「そうね。おまえさまの足なら」

おいくが笑う。

「よし、決まった」

あるじが手を打ち鳴らした。

「霊場の大山へ毎年お参りしていたら、きっと立派な人になるでしょうよ」

「そんな、まだ生まれてもいないのに」

おそめがそう言ったから、田舎家の座敷に和気が満ちた。

三

「では、行ってまいります」

丑蔵が京山に挨拶《あいさつ》した。

「ああ、気をつけて」

戯作者《げさくしゃ》が送り出した。

あっという間に葉桜の季《とき》も去って、日ざしがいちだんと濃くなってきた。

丑蔵はいつものように、日中は京橋の京伝店の手伝いをした。

見世《みせ》の客には女が多いとはいえ、どういう素性《すじよう》の客が来るか分からない。盗賊の残党に顔を見られないように、これまでは裏方の運び仕事などに限っていたのだが、だいぶほとぼりも冷めてきただろうということで、このところは棚ぞろえの働きもしていた。

それから、日の暮れがたに蕎麦の屋台の仕込みをして、番所に近い辻までかついでいった。

途中で見知りごしの男に出会った。

「おう、丑蔵、達者にやってるか」

気安く声をかけてくれたいなせな男は、北町奉行所の廻り方同心をつとめる安永鉄之助だった。

「こりゃ、安永の旦那《だんな》、無沙汰《ぶさた》をしておりました」

丑蔵が頭を下げる。

「いい香りがしてるじゃねえか」

同心は屋台を指さした。

「何でしたら、皮切りに一杯いかがでしょうか」

と、蕎麦をすすめる。

「はは、あきないがうえめな。なら、もらおうか」

安永鉄之助は笑って言った。

つとめのあいだを縫うように、柳生新陰流の道場にも顔を出し、わっと稽古《けいこ》をしてきたばかりだ。いささか小腹がすいていた。

「毎度あり」

短く答えると、丑蔵は小気味よく手を動かしだした。

「だいぶ板についてきたじゃねえか。もう幾年も蕎麦屋をやってるみてえだ」

安永同心は目を細めた。

「ありがたく存じます。いくたりも常連さんができたので助かってます。……はい、お待ち」

相変わらずほおかむりで面体《めんてい》を隠した丑蔵が、両手で丼《どんぶり》を差し出した。

「おう、出し方もいいぜ」

「京山先生から、丼は下からていねいに出すようにと教わったもので」

「そりゃ、いいことを教わったな」

そう言うなり、安永同心は箸《はし》を動かした。

「……うん、あんまりべちゃべちゃしてなくて、屋台の蕎麦ならこれで上々だ」

安永鉄之助は満足げに言った。

「本式の蕎麦も、いつか修業をしてみたいですね」

と、丑蔵。

「なら、ほとぼりが冷めたら、やぶ梅に世話になりゃあいい」

「はい。おとっつぁんのそばにもいてやれるんで」

いくらかあいまいな顔つきで、丑蔵は言った。

「うまかったぜ。釣りはいらねえから」

銭を多めに出してやると、安永同心はさっと右手を挙げた。

「恐れ入ります。ありがたく頂戴します」

丑蔵はうやうやしく受け取った。

「邪魔したな」

安永同心は懐手《ふところで》をして、大股で歩み去っていった。

その背を、丑蔵はじっと見送った。

だが……。

同心の背を見ていたのは、丑蔵だけではなかった。

見過ごされそうな路地から、そっと様子をうかがっていた男がいた。

その姿に、同心も丑蔵も気づくことはなかった。

四

夜は更けた。

蕎麦の残りが少なくなった。

京伝店に住み込みでつとめる者は、丑蔵の蕎麦を夜食にするのを楽しみにしている。そろそろ戻る頃合いだった。

いい月が出ていた。

しみじみとした光をしばしながめていた丑蔵は、ほっと一つ息を吐くと、蕎麦の屋台をかついだ。

そのときだった。

道の両側から、二つの影がするすると近づいてきた。

どちらも中腰になり、何かを構えている。

「丑蔵だな」

右から近づいてきた影が声を発した。

いけない、と丑蔵は思った。

恐れていたときが来た。

「裏切り者め」

左からも賊が来た。

月あかりを受け、手にしたものの切っ先が光る。

匕首《あいくち》だ。

「てやんでえ」

丑蔵はとっさに屋台を放り投げた。

「だれか！」

精一杯の声で叫ぶ。

自身番とは一町（約百十メートル）あまりしか離れていない。急を告げる声が届くように、丑蔵は腹の底から声を放った。

「おめえのせいで、かしらがお仕置きになったんだ」

「死ねっ」

般若の岩吉の手下だった者たちは、両脇から襲ってきた。

初めから挟み撃ちにするつもりだったのだ。

丑蔵はとっさに身をかわした。
間一髪だった。
匕首は肩のあたりをかすめていった。
「覚悟しろ」
もう一人の残党は、長脇差《ながどす》を握っていた。
やにわに突き下ろす。
丑蔵の顔の近くに、その刃《やいば》がぐさりと突き刺さった。
「もう逃げられねえぜ」
一人が匕首を構えた。
そのとき……。
闇の中から、だれかが駆けてくる足音がした。
「待て」
躍り出た人影は、すでに抜刀していた。
賊が虚を突かれた隙に、丑蔵はからくも窮地を逃れた。
呼子《よびこ》が鳴った。
自身番でも急に気づいたのだ。

「しゃらくせえ」

長脇差を握った盗賊の残党が、向こう見ずに襲いかかった。

さりながら……。

現れた助っ人の敵ではなかった。

「ぬんっ」

一撃で払うと、返す刀で峰打ちにした。

賊は弾けるように倒れたまま動かなくなった。

目にも留まらぬ早業だった。

月あかりがその男の横顔を照らす。

「や、安永さま……」

引きつっていた丑蔵の顔に喜色が浮かんだ。

助けに現れたのは、安永鉄之助同心だった。

「くせ者」

「御用だ」

番所から、わらわらと捕り方が近づいてきた。

挟み撃ちになったのは、賊のほうだった。

「野郎ッ」

それでも同心めがけて匕首を振るってきた。

かん、と乾いた音が響いた。

安永鉄之助が苦もなく刀で撥《は》ね上げたのだ。

続いて、額を峰打ちにする。

斬《き》るのはたやすいが、責《せ》め問《ど》いにかけ、一人残らず根絶やしにしなければならない。

「御用だ」

がっくりとひざをついた賊の腕をねじりあげて匕首を取り上げると、安永同心は引導を渡すように十手《じって》を抜き、額を正面からがつんとたたいた。それですっかりおとなしくなった。

番所の役人が来た。

「北町奉行所の安永だ。こいつら、しっかりつないでおいてくれ」

手短に命じる。

「承知しました」

「引っ立てい」

気を失っている二人の残党はたちまち後ろ手に縛りあげられた。

「安永さま……」

丑蔵はようやく立ち上がった。

まだひざがふるえていた。

「道場で稽古をしたせいか、今日は妙に勘が冴《さ》えててな」

柳生新陰流の達人はそう言って笑った。

「おかげさまで……危ないところを」

丑蔵はまだふるえ声で言った。

「おう、良かったな。これでほおかむりをしなくたって済むぜ」

「はい」

「早く帰りな。京山先生が案じるぜ」

安永鉄之助は転がったままの屋台を指さした。

「承知しました。片づけます」

丑蔵は思い出したように手を動かしはじめた。

五

「さっそく蕎麦に使ってみます」

梅吉が笑顔で言った。

やぶ梅に相州大山の土産《みやげ》が届けられた。

日保ちのする干し湯葉《ゆば》だ。戻せば、珍しい湯葉蕎麦にすることができる。

土産を届けたのは、むろん矢櫃登之助とおいくだった。

晴れて許しを得て、江戸へ戻ってきた。これから若夫婦の暮らしが始まる。

「いろいろあったが、いい按配になってきたな」

一枚板の席で、隠居が言った。

「そうですな。これで盗賊の一味が首尾よく根絶やしになったら、丑蔵も晴れて本所に戻れるので」

暇な寄合の本多玄蕃《げんば》がうなずく。

「そうすれば、お父さんと一緒に暮らせますね」

小上がりの座敷から、おいくが言った。

「もう後顧《こうこ》の愁《うれ》えがないからな」

矢櫃登之助も和す。

湯葉蕎麦が来た。

戻した湯葉が役者に加わるだけで、かみ味が違ってぐっと締まる。

「これはいい日に来ましたな」

本多玄蕃が顔をほころばせた。

すると、蕎麦つゆの香りに誘われたかのようにのれんが開き、本所方同心の一色信兵衛が入ってきた。

「おう」

父の一色英太郎が手を挙げる。

「うまそうなものを食ってますね、父上」

本所方の同心はすぐさま言った。

「相州大山の土産の湯葉蕎麦だ」

隠居は座敷を示した。

「無事のお帰りで」

一色信兵衛は矢櫃登之助に声をかけた。

「なんとか許しを得てきました」

「これからは毎年、里帰りをするということで」

おいくも言葉を添える。

「おお、それは重畳《ちようじよう》」

一色信兵衛はそう言って、父の隣に腰を下ろした。

「旦那の分もありますので」

おれんが笑みを浮かべた。

「いまおつくりします」

梅吉がさっそく手を動かす。

「そりゃありがたい」

本所方の同心は、帯をぽんと一つたたいた。

「ときに、おまえの道場仲間は働きだったそうじゃないか」

一色英太郎が言った。

「いい稽古をすると勘ばたらきが良くなることは間々あるんですが、鉄之助はことに達人ですから」

息子が答える。

「どちらが強いんです？」

居合道場の師範代が問う。

「まあ……いい勝負ということで」

一色信兵衛がそう答えたから、やぶ梅に和気が満ちた。

「で、盗賊の残党のほうはどうなんです？」

本多玄蕃がたずねた。

「鉄之助の話によると、丑蔵を襲った二人の男を責め問いにかけたところ、洗いざらい吐いて、もう一人残っていたやつも首尾よく捕まったそうです。もう般若の岩吉の一味は残ってないでしょう」

「ほう、それは何より」

気のいい武家は顔をほころばせた。

「なら、丑蔵も帰ってこられるな」

と、隠居。

「京山先生にずいぶんと世話になったので、京伝店でもうひと働きして恩返しをしてから本所に戻るつもりのようですよ、父上」

一色信兵衛はそう伝えた。

「だったら、また親子水入らずの暮らしになりますね。……はい、お待ち」

梅吉は本所方の同心に湯葉蕎麦を出した。

「そうそう。本所に戻ったら、ここで本式の手打ち蕎麦の修業もしたいと」

「そりゃ、お安い御用で」

打てば響くように梅吉は答えた。

「お待ちしております」

おれんも笑みを浮かべる。

その言葉を聞いてから、一色信兵衛は蕎麦をたぐった。

そして、湯葉もしっかりかんでから言った。

「……うまい」

六

その日が来た。

丑蔵は両国橋を渡り、本所へ帰ってきた。

ただし、一人ではなかった。

山東京山とその弟子の辰造も同行していた。

この日を選んだのにはわけがあった。京山は天麩羅《てんぷら》を好むため、いつもは天竹ののれんをくぐるのだが、今日は違った。

「ごめんよ」

そう声をかけて戯作者がくぐったのは、松寿司ののれんだった。

「いらっしゃいまし」

松吉の声が響く。

「まあ、先生、それから……」

おとしの表情が変わった。

その様子を見て、高座で手を動かしていた男が顔を上げた。

丑次郎だ。

丑の日だけ松寿司で実演をする父に合わせて、丑蔵は帰ってきた。

「おう」

と、丑次郎は言った。

ことさらに表情を変えることはなかった。

むしろ、何事もなかったかのように、黙々と寿司を握っていた。

「帰ってきたのかい、丑蔵」

座敷の客が声をかけた。

花組の火消し衆だ。

「へい、おかげさんで」

丑蔵が頭を下げる。

「まあ座ろうじゃないか」

京山が一枚板の席を手で示した。

「もう片はついたのか？」

丑次郎が問うた。

「ああ。町方の旦那が、悪いやつをみんな捕まえてくだすった」

息子が答える。

「そうか」

鮪のづけを握りながら、丑次郎がうなずいた。

そして、一枚板に座った客のほうを向いて言った。

「京山先生、せがれが世話になりました」

「なんの」

京山は笑みを浮かべて答えた。

「見世のみんなもよくしてくれて、生まれ変わったような心持ちで」

丑蔵が言った。

「良かったな、丑蔵」

纏持ちの花造が声をかける。

「これからは、恩返しをしまさ」

火消し衆に向かって、悔い改めた男は頭を下げた。

握りができた。

「おいらが運ぶよ」

鶴松を制して、丑蔵が立ち上がった。

父のもとへ歩み寄り、両手で皿を受け取る。

「おう、いい手つきだ」

丑次郎が初めて笑みを浮かべた。

「京山先生に教わったんで」

丑蔵も顔をほころばせる。

「これからも、その心がけでいけ」

「ああ」

皿は京山のもとへ運ばれた。

「なら、いただくよ」

戯作者は寿司をつまみ、口中に投じた。

そして、みなが見守るなか、ややあってから言った。

「親子の絆《きずな》と、人情の味がするよ」

第十一章　松竹梅屋台

一

「行ってくるよ、おとっつぁん」

丑蔵が明るい声で言った。

「おう、気をつけてな」

丑次郎が布団の中からやや眠そうな声で答えた。

まだ朝は早い。

父と一緒に長屋で暮らすようになった丑蔵は、毎朝早く起きて、ある場所へ向かっていた。

暮れると三つの軒提灯《のきぢょうちん》に灯りがともる路地――。

その突き当たりのやぶ梅が、丑蔵の修業先だった。

「おはようございます」

蕎麦《そば》打ちの修業を始めた丑蔵は、元気のいい声で言った。

「ああ、おはようございます」

「おはようございます」

やぶ梅の二人、梅吉とおれんの声がそろう。

「本日もよしなに」

丑蔵はていねいに腰を折った。

「こちらこそ」

梅吉が答える。

丑蔵がやぶ梅で手打ち蕎麦の修業を始めてから、いくらか経った。

変われば変わるものだ、とささやかれている。

すんでのところで押し込みの一味から抜け、残党が一掃《いっそう》されてほとぼりが冷めた丑蔵は、本所に戻って父の丑次郎とともに暮らしはじめた。

それとともに、もう一段上の蕎麦を屋台で出すべく、やぶ梅で手打ちの修業を始めた。蕎麦粉をまとめてこしのある細打ちの蕎麦にするのはなかなかに難儀だから、まだまだ時はかかりそうだが、毎日、懸命につとめていた。

「昔のおまえさんはお仕置きになったんだ」

あるおり、一枚板の席に座った隠居がそう言った。

「はい」

丑蔵は殊勝《しゅしょう》にうなずいた。

「それから生まれ変わったつもりで、しっかり修業に励みなさい」

隠居は温顔で言った。

「はい、おとっつぁんにも孝行します」

以前とは違う顔つきで、丑蔵は言った。

蕎麦打ちには勘どころがいくつもあるが、いちばん大事な水回しはだいぶさまになってきた。うどんなら力まかせでもまとまってくれるが、蕎麦粉は指の熱を嫌うからそうはいかない。微妙な指加減は修業で培《つちか》うしかなかった。

昼どきには出前に出かけた。慳貪箱《けんどんばこ》を提げ、注文があったところへ急いで運ぶ。

初めのうちは、般若の岩吉の残党が待ち構えているような気がして、心の臓の鳴りが速くなったりしたが、いまはもう慣れた。

顔なじみもできたし、出前の途中で知り合いにばったり会うこともあった。

「おう、元気そうじゃねえか」

船大工の仕事場の前を通ったとき、卯之助から声がかかった。

「おかげさんで」

「なら、明日、出前をしてくれるかい?」

弟子の善三が問う。

「承知しました。何にいたしましょう」

慣れた口調で、丑蔵はたずねた。

「おいらは大もりで」

「だったら、おいらも。それに、何か天麩羅《てんぷら》がついてたらいいな」

「そうですか。なら、相談してみます」

蕎麦屋に天麩羅というのは無理な注文だったが、丑蔵はいったん引き受けた。

梅吉は兄の竹吉に相談した。

「揚げおきでもそれなりにうめえ天麩羅をそっちに運んで、蕎麦に合わせればいいんじゃねえか?」

天竹のあるじは言った。

「すると、甘藷《かんしょ》の天麩羅とか」

「ああ、芋《いも》はいいだろうな。生ものはこれから夏になってくから、やめたほうがいいだろう」

「ほかにはあるかい、兄さん」

「そうさな……」

竹吉はいくらか思案してから、思いがけないかき揚げの絵図面を示した。

翌日、丑蔵はそのかき揚げを添えた大もり蕎麦を船大工の仕事場に運んだ。

「おお、ありがとよ」

「お、紅《あけ》え天麩羅は桜海老《さくらえび》かい？」

善三が指さして問うた。

「いえ、紅生姜《べにしょうが》なんです」

「紅生姜だって？」

卯之助が驚いたような顔つきになった。

「そうなんで。天竹に思案してもらって、甘藷に添えて紅生姜のかき揚げも。びっくりするほどうまいですよ」

丑蔵は笑みを浮かべた。

「おお、こりゃうめえ」

「もりにのっけて、ちょびっとずつ崩して食ったらこたえられねえな」

船大工たちは相好を崩した。

かくして、やぶ梅に新たな名物ができた。

紅生姜のかき揚げ天もりだ。

二

「今日は舌の修業に出てるんですよ、ご隠居」

天竹の一枚板の席で、梅吉が言った。

やぶ梅は休みだ。おれんはいそいそと芝居小屋へ出かけていった。夫婦で浅草の奥山あたりへ見世物《みせもの》見物に行くこともあるが、今日はおれんだけでひいきの役者の芝居を観にいった。

「ほう、どこへだい」

一色英太郎がたずねた。

「おいらの修業先だった団子坂の藪蕎麦で」

梅吉が答えた。

「ああ、番付の上のほうに載ってる名店だね。そうやって舌でも修業をしていたら、めきめき腕も上がるだろう」

隠居はそう言って、猪口《ちょこ》の酒を呑み干した。

桜の季節が去り、初鰹《はつがつお》の騒ぎが一段落したと思ったら、早いもので五月《さつき》（陰暦）の末にはもう川開きになる。品のいい皿には、いい按配に揚がった鱚《きす》の天麩羅が載っていた。

「お父さんから寿司も教わってるのかい？」

座敷から声が響いた。

弟子を伴って足を運んできたのは、おなじみの山東京山だ。

「そう言ってましたよ。ただ、これから先、屋台で生ものを出すのはどうかっていうことで」

梅吉が答える。

「足の早いものを屋台で持っていくわけにはいかないからね。さきほど松寿司で食べた鯵《あじ》の握りはうまかったが」

そろそろ六十の声を聞こうかというのに健啖家《けんたんか》の戯作者《げさくしゃ》が言った。

両国の東詰に見世で売る白粉《おしろい》の下請けがいるため、あきないの用を済ませてからふらりと本所に寄り、松竹梅の路地で腹を満たしてから帰る。いつもの京山の道行きだ。

「そんなわけで、丑次郎さんの知恵で、屋台では稲荷《いなり》寿司を出そうかという話になりましてね」

梅吉がそう明かした。

「ほほう、寿司は寿司でも稲荷かい」

と、京山。

「油揚げはうちにも入りますから、試しにやってみてるんですが、なかなかの味になってきましたよ」

梅吉が笑みを浮かべた。

「しゃりのほうは、おとっつぁんがお手の物だしな」

隠居がそう言って、鱚の天麩羅を天つゆにつけ、さくっと口中に投じた。

たちまち顔がほころぶ。まさに「喜」びの味だ。

「稲荷寿司の屋台はどこでても見かけるようになったけれども、蕎麦と併《あわ》せてるのは珍しいから、きっと流行《はや》るだろう」

京山が太鼓判《たいこばん》を捺《お》した。

「いなりずし、大好き」

おせいのところから戻ってきたおひなが元気よく言った。

「なら、明日はうちへ来な。試しにつくったのをたらふく食わせてやるから」

梅吉が言った。

「ほんと？」

八つの娘の瞳が輝いた。

「ほんとだとも」

梅吉はおひなのかむろ頭をぽんとたたいた。

三

翌日の昼下がり――。

おひなの姿はやぶ梅にあった。

「ひなちゃん、もうおなかいっぱい」

八つの娘はそう言って、小さなおなかをぽんとたたいた。

「いっぱい食べたね、おひなちゃん」

おれんが笑みを浮かべた。

「うまかったかい？」

丑蔵がたずねた。

「うん、おあげが甘かった」

おひなはそう言って、ぺろりと舌で唇をなめた。

「わらべに受けても、屋台じゃどうでしょうかねえ」

蕎麦玉のつら出しの稽古《けいこ》をしながら、丑蔵が言った。つややかな蕎麦玉をこねられるようになったら一人前だ。

「一杯入ると、妙に甘いものが食いたくなったりするから、いいんじゃないすかねえ」

一枚板の席からそう言ったのは、本所亭捨三だった。

捨松が亡くなった当初はずいぶんと気を落としていたのだが、いまはすっかり立ち直って、師匠の分までと落語に身が入っている。せっかく高座があるのだからと、師匠の衣鉢《いはつ》を継いで松寿司で独演会を開く段取りも決まった。

「それに、蕎麦もあるんだし」

隣で大八も言った。

いくら本人が落語に身を入れても、それだけで食えるほど甘くはない。相も変わらず、二人でよろずお助け仕事で飛び回っている。

「天麩羅だって、天竹からいただいて付けますので」

おれんが笑みを浮かべた。

「うちの、おいしいてんぷら」

おひなが胸を張ったから、やぶ梅に和気が満ちた。

「なら、松竹梅が屋台でそろうわけだ」

捨三が手をぽんと打ち合わせた。

「そいつぁ、縁起がいいね」

大八が和す。

「いいね」

わけも分からず、おひながおうむ返しに言った。

「だったら、そろそろ町に出てもいいんじゃないかしら」

おれんが言う。

「そうですね。稼いで御恩返しをしたいです」

丑蔵は乗り気で言った。

そんなわけで、いよいよ屋台をつくる段取りになった。

その話を聞いて、松竹梅の常連が次々に手を挙げてくれた。

「屋台だったら、おいらたちがつくってやるぜ」

「おう、船づくりにゃいい木が要り用だからな。そいつを使えば、運び勝手のいい屋台ができるから」

船大工の卯之助と善三が気安く引き受けてくれた。

「ついでに長床几《ながしょうぎ》もつくってやりなよ」

相談の場に居合わせた隠居が口を出した。

「そりゃ、お安い御用で」

「いいのをつくりまさ」

段取りはどんどん進んだ。

屋台の看板の字は、山東京山に頼むことにした。

松寿司の休みの日に、松吉とともに丑蔵が頼みに行くと、京山は二つ返事で引き受けてくれた。

「名は決まってるのかい？」

戯作者はたずねた。

「へい、松竹梅屋台にするつもりで」

丑蔵が答えた。

「だったら、松竹梅の三文字がいいね」

京山はそう言ってから、いくらか思案顔になった。

「なら、さっそく描いていただけますか、先生」

松吉が段取りを進めようとした。

「いや、ただ『松竹梅』と書くだけじゃ華《はな》がない。わたしは絵図面だけで、仕事は出入りの看板屋に任せよう」

速筆の戯作者らしく、ただちに思案をまとめて、京山は言った。

のちに、看板ができた。

「おう、これは……」

京山の弟子の辰造が届けにきてくれたものを見て、丑蔵は目を瞠《みは》った。

ただの「松竹梅」ではなかった。

「松」には松の飾りがあしらわれ、「竹」の縦棒は竹のなりをしていた。「梅」の随所に花が咲いている。

そればかりではない。松は常盤《ときわ》で、竹は若竹、梅は紅梅。どの字も美しく塗られていた。

「いいじゃねえか」

丑次郎が目を細くした。

「こりゃあ、目を引くぞ」

丑蔵の瞳が輝く。

「それだけやないんです」

まだ上方《かみがた》なまりが抜けない弟子はそう言うと、背に負うていた袋を下ろし、中からあるものを取り出した。

「夜さりには、これがありませんと」

辰造が示したのは、提灯だった。

つややかな赤提灯にも、意匠《いしょう》を凝《こ》らした松竹梅の文字が浮かんでいる。

「ほんにまあ、何から何まで」

丑蔵は思わず両手を合わせた。

「ありがたいこった。先生によしなにお伝えくださいまし」

丑次郎も頭を下げた。

できあがった屋台に取り付けてみると、看板も提灯もさまになった。これならいやでも人目を引く。

「こりゃあいいな」

「屋台も看板もとびきりの出来だからよう」

船大工たちは満足げに言った。

こうして、準備は万端整った。

悔い改めた丑蔵は、本所の松竹梅屋台のあるじとして一歩を踏み出した。

四

「お、やってるな」

松竹梅屋台に、二人の着流しの男が近づいてきた。

「これはこれは、一色さまに……安永さま。ようこそのお越しで」

丑蔵は頭を下げた。

本所方同心の一色信兵衛と、北町奉行所の定廻《じょうまわ》り同心の安永鉄之助だった。ともに忙しい身だが、日を決めて柳生新陰流の道場に通い、時こそ短いが火の出るような稽古を積んでいる。今日はその帰りだ。

「どうだ、繁盛《はんじょう》してるか」

長床几に座って、一色信兵衛が問うた。

「はい、おかげさまで。売れ残ることはありません」

丑蔵は笑顔で答えた。

「それは重畳《ちょうじょう》だな」

「安永さまに危ういところを助けていただいたおかげです。盗賊の手下になりかけていたむかしのおいらはお仕置きになったと思って、生まれ変わったつもりで屋台をかついでます」

「いい心がけだ」

安永鉄之助は笑みを浮かべた。

「では、さっそく蕎麦と稲荷をもらうか」

「おれにもくれ」

二人の同心が言った。

「蕎麦には、紅生姜のかき揚げと甘藷芋の天麩羅をおつけできますが」

丑蔵が身ぶりで示しながら言う。

「せっかくだから、両方くれ」

「右に同じだ。稽古のあとは腹が減るのでな」

同門の剣士たちは、顔を見合わせて笑った。

「承知しました。稲荷はいくつ召し上がりますか？」

丑蔵はていねいな口調で問うた。

やぶ梅が休みの日に江戸の名店を廻ったことが役に立っていた。蕎麦の舌だめしばかりではない。客あしらいについても、大いに学ぶところがあった。

「とりあえず三つくれ」

本所方同心が言った。

「おれは四つだ」

「差をつけるじゃないか」

「やむをえぬ。腹が減ってるんだからな」

町方の同心は苦笑いを浮かべた。

「はい、お待ち」

蕎麦も稲荷寿司も、きっぷのいい手つきで出された。

二人の同心がさっそく箸《はし》を動かしはじめる。

「おお、屋台の蕎麦とは思えねえほどこしがあるな」

まず一色信兵衛がうなった。

「手打ちでやらせてもらってますんで」

丑蔵はのし棒を動かすしぐさをした。

「道理でうめえわけだ。天麩羅もでかくて腹にたまるな」

安永鉄之助が笑みを浮かべた。

「味もようございましょう？」

と、丑蔵。

「ああ。どっちも絶品だ」

町方の定廻り同心は満足げな面持《おもも》ちで答えた。

「稲荷もすっと胃の腑《ふ》へ入るな」

「はい。小腹がすいたときに重宝していただいてます」

「揚げもしゃりもうまい。言うところはねえな」

一色信兵衛はそう言って、稲荷寿司をまた一つ口中に投じた。

「おやじさんからも教わったのか」

安永鉄之助が問う。

「おとっつぁんは稲荷をやりませんが、しゃりは同じなので、『江戸っ子らしく小気味よく調子を出して酢飯を切れ』と」

丑蔵は身ぶりで示した。

「いい教えだ」

安永同心はそう言って、一色同心と競うように稲荷寿司を口に運んだ。

そして、松竹梅屋台のあるじに向かって言った。

「本所の名物屋台になるぜ」

「そう言われるように、精進します」

命の恩人に向かって、丑蔵はていねいに一礼した。

五

それからいくらか経った晩――。

丑蔵は回向院から少し南へ下ったところに屋台を出していた。

松竹梅の常連ばかりでなく、新たに屋台の客もできた。路地を知らない客には、逆に丑蔵のほうから教えてあげた。

「松竹梅の屋台に聞いてきたんだ」

「紅生姜のかき揚げがうまかったからよ」

「このあと、蕎麦屋にも行くぜ」

そんな按配で、丑蔵の屋台が恰好《かっこう》の引札《ひきふだ》になり、どの見世も客が増えた。

だが……。

良いことばかりではなかった。

屋台の客は、気のいい者だけではなかった。


「一本くれ」

二人連れの片方が、押し殺した声で注文した。

「御酒《ごしゅ》でございますね。ほかには何か」

「天麩羅はかき揚げと芋の二つしかねえのか」

「はい、相済みません」

「けっ、しけてやがるぜ」

「しょうがねえ。そいつをくれ」

もう一人の男が言った。

天麩羅を肴《さかな》に呑みながら、そのうち二人は小声で話を始めた。

「今晩は目が出るだろうぜ」

「おう、前のはたまたま日が悪かったんだ」

丑蔵などいないかのように言う。

どちらも髷《まげ》を細めに結った若い男だった。まっとうな世渡りをしていないことはすぐさま伝わってくる。

「出ねえはずがねえや。あれだけもうかったんだからな」

「吉原《よしわら》にも繰り出したしな」

「おう、今夜も行くぜ」

二人は下卑《げび》た笑いをもらした。

「よしたほうが、よござんすよ」

意を決して、丑蔵は口を開いた。

「なんだと？」

三白眼《さんぱくがん》の男が目をむいた。

「悪いことは言わねえ。引き返しな」

丑蔵はきっぱりと言った。

「おう、だれに向かって物を言ってるんでい」

「屋台かつぎの分際でよう」

もう一人の歯の欠けた男のこめかみに、青い筋が浮いた。

「初めのうちは、いい目が出るんだ」

おのれの経験に照らして、丑蔵は言った。

「それがやつらの狙いだ。えさで釣って、抜けられねえようにするんだ。気がついたら、深みにはまってもう抜けられなくなっちまう。引き返すなら、いましかねえぞ」

丑蔵は力をこめて語ったが、これから賭場《とば》へ向かおうとしている二人はまったく取り合わなかった。

「おれらに説教する気か」

「なめた真似をするんじゃねえ」

歯の欠けた男がやにわに立ち上がり、徳利を手で払いのけた。

ぱりん、と陶器が割れる音がする。

気の短い男はふところに手を入れ、やにわに短刀を抜いた。

「おとがめを受けるぞ」

丑蔵はひるまず言った。

「黙れ」

「ついでに銭もらってけ」

三白眼の男が言った。

「おう、あるだけ出しな」

と、短刀を突きつける。

「頭を冷やせ」

丑蔵は気丈《きじよう》に言った。

「賭場で巻き上げられるだけだぞ」

「しゃらくせえやい」

三白眼の男が声を張り上げた。

「かまうか。やっちめえ」

「おう」

短刀がひらめいた。

丑蔵はすんでのところでかわし、丼《どんぶり》を投げつけた。

がん、と頭にぶつかる。

それで男たちに火がついた。

「やりやがったな」

「刺しちめえ！」

大きな声が響いた。

丑蔵は初めてひるんだ。

敵は二人だ。刃物も持っている。

まともにやり合えば、刺されて終わりだ。

丑蔵の身中《みぬち》を恐れが貫いた。

だが……。

そのとき、べつの声が響いた。

「何をやってる」

「喧嘩《けんか》か？」

道の向こうから、急ぎ足でいくたりかが近づいてきた。

「けっ、夜廻りか」

「まずいぜ」

二人の顔つきが変わった。

「助けてくれ！」

丑蔵はここぞとばかりに叫んだ。

「ちっ」

「覚えてろ」

捨てぜりふを投げつけると、男たちは尻をからげて逃げ出した。

「おう、どうした」

「大丈夫か」

闇の中から姿を現したのは、花組の火消し衆だった。

「賭場へ行くようなので説教したら、いきなり刃物を抜いて、銭を取ろうとしやがったんで」

少しふるえる声で、丑蔵は告げた。

「怪我はないか」

かしらの花介が問う。

「へい」

丑蔵はうなずいた。

火消しの若い者が追ったが、不心得者たちはゆくえをくらました。

賭場がどこで開かれているか、口を割らせることもできなかった。

「何にせよ、無事で良かったな」

纏持ちの花造が言った。

「おかげさんで……」

丑蔵は深々と頭を下げた。

六

「見て見ぬふりをしなかったんだから、それでいいんだよ」

松寿司の一枚板の席で、隠居の一色英太郎が言った。

「せがれにもそう言ってやりました」

実演の高座を下り、座敷に上がった丑次郎が笑みを浮かべる。

「でも、いつあいつらが意趣返しに来るか分からないんで……」

そのかたわらの丑蔵は、あいまいな顔つきをしていた。

「おちおち屋台もかつげないね」

と、松吉。

「せっかく評判が良かったのに」

おとしも気の毒そうに言う。

「ま、そのあたりは、うちの息子が何か思案しているようだがね」

隠居が告げた。

「ほう、一色さまが」

「そいつぁ、心強いや」

同じ一枚板の席に座った捨三と大八が言った。

「どういう思案でしょうか」

丑蔵が問う。

「そりゃあ分からないが、町方の安永同心に何か相談を持ちかける腹づもりのようだ」

隠居は答えた。

ここで鰹のあぶりの握りが出た。

生のままではなく、小粋《こいき》な仕事をさりげなく入れるのが江戸前の寿司の心意気だ。あぶると鰹がさらにとろっとして、こたえられない味になる。

客がひとわたり舌鼓《したつづみ》を打ったころ、のれんを分けて二人の客が入ってきた。

「おう、ちょうど話をしてたんだ」

隠居が手を挙げた。

松寿司に姿を現したのは、一色信兵衛と安永鉄之助だった。

「世話をかけます」

どちらにともなく、丑蔵が頭を下げた。

「おいらたち、座敷へ移りまさ」

捨三がさっと徳利をつかんだ。

「いや、丑蔵とおやっさんに話があるので」

「そのままでいいぞ」

安永鉄之助も手で制した。

二人の同心は座敷に腰を下ろした。

まずは腹ごしらえだ。

鰹のあぶり寿司を続けざまに食べ、二人の同心は満足の笑みを浮かべた。

「さて」

一色信兵衛が手を拭いた。

「鉄之助は日中の廻り仕事があるから、根回しに時がかかったのだが、首尾よく段取りがついた」

本所方の同心が言った。

町方の定廻り同心は、下役や小者をつれて江戸のほうぼうの番所を廻らなければならない。それが一段落しなければ独りで動くことができないから、時がかかるのはやむをえなかった。

「段取りと言いますと？」

せがれのことが気になるのか、丑次郎が先に問うた。

「われら町方は、江戸の市中を廻るので手一杯だ。本所深川は信兵衛の縄張りだが、普請《ふしん》や橋などを見廻るのがおもな役割で、悪人や不届き者の取り締まりをやってるわけではない」

安永鉄之助がいささか迂遠《うえん》な答え方をした。

「そこで、市井《しせい》の十手持《じって》ちもうまい按配に使って網を張っているわけだが、そういったお上《かみ》から十手を預かる者を自身番のように要所に配すれば、悪いやつらものさばるまい」

一色信兵衛が言葉を添える。

「辻番は武家地の備えで、町場には自身番がいるが、さらに、動く自身番のごときものがあれば鬼に金棒だろう」

安永同心が身ぶりを添えた。

「火消し衆もそんな感じですが」

丑次郎がやや片づかない面持ちで言った。

「そうだが、十手は持っていまい」

「へい」

そのやり取りを聞いているうちに、隠居は何かに思い当たったらしい。まなざしを丑蔵のほうに向けた。

「十手があれば、身の備えにもなる。もし悪いやつらが意趣返しに来ても、十手を見せればひるむだろう」

一色信兵衛がそう言ったとき、丑蔵は話の道筋に気づいた。

「す、すると、おいらが……」

驚いた顔で、丑蔵はわが胸を指さした。

「屋台の十手持ちがいたっていいだろう。まさに、動く自身番だ」

本所方の同心はそう言うと、ちらりと父の一色英太郎のほうを見た。

「いい思案だ」

隠居がうなずく。

「ちょいと待ってくだせえよ」

丑次郎があわてて割って入った。

「せがれはちょいと前まで悪い仲間と付き合って、押し込みの手下までやらされるところだったんでさ。そんなやつに……」

「いまは悔い改めているわけだろう？」

安永同心が丑次郎を制した。

「へい、それで屋台で説教したり……」

まだ驚きの色の浮かぶ顔で、丑蔵が言った。

「そういう男のほうが、しっかり励んでくれるんだ。おれはいくたりも使ってるから間違いない」

安永同心がきっぱりと言った。

「こりゃたまげたな」

「そのうち、丑蔵親分って呼ばなきゃならなくなるぜ」

捨三と大八が言う。

「十手は、これだ」

安永鉄之助が、小ぶりの道具を取り出した。

「後光が差してるぜ」

「ありがたや、ありがたや」

噺家《はなしか》が大仰《おおぎょう》に拝むしぐさをした。

「なら、ありがたくお受けしな」

丑次郎が息子に言った。

「へい……」

丑蔵はうやうやしく受け取った。

「だったら、今日は祝いで」

松吉が両手を打ち合わせた。

「そうだね。どんどん握っとくれ」

隠居がいい声で調子を合わせた。

終　章　路地灯り

一

「……おあとがよろしいようで」

本所亭捨三がそう言って頭を下げた。

「よっ、名調子」

「良かったぜ、今日の噺《はなし》は」

「来た甲斐《かい》があったな」

ほうぼうから声が飛ぶ。

ここは松寿司――。

捨三の独演会がいま終わったところだ。

「この調子で売れっ子になったら、おいら、一人で便利屋をやんなきゃならねえな」

相棒の大八が言った。

「なんの。師匠とおんなじで、『本所で有名、江戸で無名』だからよ」

捨三が答える。

「それを言うなら、ここにいる皆がそうじゃないか」

隠居が一枚板の席で笑った。

「ご隠居はそうかもしれませんが、わたしは本所でも無名なんで」

暇な寄合の本多玄蕃《げんば》がそう言ったから、松寿司に笑い声が響いた。

「御酒《ごしゅ》のお代わりですか？」

長床几《ながしょうぎ》の客が軽く徳利を振ったのを見て、座敷に座っていたやぶ梅のおれんが腰を浮かせた。

斜向《はすむ》かいの天竹はのれんを出しているが、やぶ梅は休みだ。

「おう」

「今夜はまだまだ呑むぜ」

「酔いが醒めてから夜廻りだ」

花組の若い衆が言う。

「あ、おれんちゃんは動かなくていいから」

松寿司のおとしがあわてて制した。

「そうそう、おまえは座ってな」

梅吉も言う。

「うん」

おれんは思い直したように座り直した。

「もしものことがあったら大変だからね」

隠居が言う。

おれんはこくりとうなずいた。

皆が腫《は》れ物にさわるようにしているのには、わけがあった。

おれんの腹には、ややこが宿っているからだ。

前に一度流してしまい、悲嘆にくれたことがある。

今度こそ、無事生まれてほしい……。

それは路地で暮らす三兄弟とその家族、さらには松竹梅の見世《みせ》に通う客たちの同じ願いだった。

「出前なんかはどうしてるんだい？」

客の一人がたずねた。

「わたしがやらせていただいてます」

さっと手を挙げたのは、おいくだった。

矢櫃《やびつ》登之助と夫婦《めおと》になったばかりで、こちらはややこはまだだ。蕎麦屋《そばや》の出前のつとめならできる。

おれんが身ごもり、出前の人手に困っているという話を聞いて、夫とも相談のうえつとめることになった。

「ほんとに、助かりました」

おれんが頭を下げた。

「この路地は助け合って生きてるからね」

松吉が言う。

「まだまだ慣れませんけど」

おいくが笑みを浮かべる。

「矢櫃さまは心配じゃないんですかい？」

「そうそう。知らねえとこへ出前へ行くわけだから」

船大工の卯之助と善三が問うた。

「身の守り方は伝授しておいたので」

矢櫃登之助はそう言って、居合の剣を抜くしぐさをした。

「そりゃ、心強いや」

「そのうち、悪者も捕まえてくれるぜ」

船大工たちの顔に笑みが浮かんだ。

「おう、悪者と言やあ、親分は働きだったそうじゃねえか」

花組のかしらの花介が言った。

「ええ。屋台を出してるときに、こそ泥が出てくるのを見つけて、追いかけて引っつかまえたそうで」

と、松吉。

「昨日は丑次郎師匠の実演があったんですけど、それはそれは嬉《うれ》しそうでしたよ」

おとしも笑顔で言う。

「『せがれが悪者を捕まえまして』と、そればっかり」

松吉は巧みに声色《こわいろ》を遣《つか》った。

「うちの息子にも見る目があったんだな」

隠居も得意げに言った。

「ほんとでさ。これからは、丑蔵親分と呼ばなきゃなんねえ」

火消しのかしらが言う。

「でも、人は分からねえもんですねえ。ちょっと前までは、あいつのほうが悪者だったのに。まったくあべこべになっちまった」

捨三がまだ噺をやっているような口調で言った。

「今日も屋台を出してるのかい？」

隠居が梅吉にたずねた。

「ええ。うちは休みなんですが、自前の手打ちで出てますよ」

やぶ梅のあるじが答える。

「ほう。蕎麦打ちの腕も上がったんだ」

「まだ太いのもまじりますけど、屋台の蕎麦ならとびきりうまいはずです」

梅吉は太鼓《たいこ》判《ばん》を捺《お》した。

「ところで、例の悪いやつらが意趣返しに来なきゃいいがなあ」

箸《はし》を置いて、花介が腕組みをした。

落語の会だから、いつもどおりに松竹梅膳が出ていた。休みとはいえ、やぶ梅の蕎麦は欠かせないから、それだけはつくってきた。膳がいくらか余ったので、胃の腑《ふ》の強い者が二膳目に移っている。

「そのあたりは、ちゃんと考えてるみたいだ。因縁《いんねん》をつけたのはふらっと丑蔵の屋台に立ち寄ったよそ者のようだから、本所の南のほうで番所の灯りが見えるところに出すようにしていると聞いた」

隠居が伝えた。

「それなら、ひとまず安心だな」

本多玄蕃がうなずく。

「もし意趣返しに来ても、丑蔵親分なら十手《じって》で捕まえてくれるさ」

大八が十手をひらめかせるしぐさをした。

「……うにゃ」

何を思ったか、猫の瑠璃がやにわに前足を上げた。

今日も落語のつなぎに勢以の端唄《はうた》が披露《ひろう》された。もちろん毛のふさふさした猫の瑠璃も一緒だ。

「おお、すまねえな。驚かせちまったか」

猫はすぐさま身をぺろぺろとなめはじめた。

松寿司にまた和気が満ちた。

二

「おお、出てるぜ」

纏持《まといも》ちの花造が行く手を指さした。

一ツ目之橋の桜のたもとに、丑蔵の屋台が出ていた。

松寿司での落語会が終わり、ひとわたり呑み食いをしたあと、火消し衆は夜廻りに出た。矢櫃登之助とおいく、捨三と大八の住まいもこちらのほうだから、皆で顔を出そうという話になった。

「そりゃ出てるさ」

「なんだか幽霊みてえだな」

火消しの若い衆が笑う。

「そろそろ、そんな季節になってくるな」

「早えもんだ」

「怪談噺もやんなきゃな」

「おう、そりゃあいい」

捨三と大八が掛け合う。

一同は松竹梅の看板が鮮やかな屋台へ近づいた。

「いらっしゃいまし」

ねじり鉢巻き姿の丑蔵が笑顔で言った。

「ちょうどお開きになったところでよ」

かしらの花介が言う。

「いかがでしたか、独演会は」

丑蔵は捨三に言った。

「師匠が乗り移ったような出来だったね」

噺家は自画自賛した。

「いや、ほんとに良かったぜ」

「旬《しゅん》の魚と一緒で脂《あぶら》が乗ってた」

「またやってくんな」

火消し衆から声が飛ぶ。

「稲荷《いなり》はまだ残ってるのかい」

大八が問うた。

「ありますよ。蕎麦もいけます」

丑蔵が答える。

「なら、稲荷は別腹だから」

「蕎麦もそうだ」

「一杯くんな」

「おいらも」

次々に声がかかった。

そのあいだ、おいくと矢櫃登之助は感慨深げに桜の木を見ていた。

亡くなった本所亭捨松が最後に見たあの桜だ。

「早いものね」

おいくが言った。

月あかりを受けて、桜の木がしみじみと光っている。そこに花が咲いていたことが夢のようだった。

「もうじき新盆《にいぼん》になるな」

矢櫃登之助が言った。

「そうね……還《かえ》ってくるわね」

おいくがぽつりと言う。

「ああ」

ともに暮らしている男がうなずいた。

「師匠の話ですかい？」

稲荷寿司をつまんだばかりらしく、手をふきながら捨三が訊《き》いた。

「もうじき新盆だっていう話を」

おいくが答えた。

「なら、次の高座は師匠にやってもらいましょう。向こうでいい噺を仕込んでるはずだから」

本所亭の名を継ぐ噺家は、そう言って笑みを浮かべた。

三

屋台をかついで路地に入ると、灯りが見えた。

軒提灯《のきぢょうちん》の灯はもう消えているが、天竹から人の話し声が聞こえる。

丑蔵はそちらへ近づいていった。

ちょうど見世から客が出てくるところだった。

月あかりがあるから、顔かたちが分かった。

「先生」

丑蔵は声をかけた。

天竹から出てきたのは、山東京山と弟子の辰造だった。

「おお、ちょうどうわさをしていたところだ」

京山が笑顔で言った。

うしろから、隠居と暇な寄合の本多玄蕃も出てきた。

「ご苦労さん。落語会のあとの流れでね」

いくらか赤くなった顔で隠居が言う。

「親分、親分って呼ばれてたぞ」

本多玄蕃の足取りはだいぶ怪しかった。

「お疲れさま」

おみかも顔を出して労をねぎらう。

「うちの師匠たちは？」

丑蔵が問う。蕎麦打ちの師匠の梅吉とおれんのことだ。

「もう戻って休みましたよ」

天竹のおかみが告げた。

「大事な体ですからね。なら、そっと屋台を置いて、ちゃちゃっと洗い物だけして帰りまさ」

丑蔵は言った。

「屋台をかついで、十手も持って、大忙しだね」

京山が笑みを浮かべる。

「おかげさまで。十手のほうは飾りみたいなもんですが」

と、丑蔵。

「こそ泥を捕まえたんだから、飾りじゃないじゃないか」

「ほんまや。えらい出世ですぜ」

上方《かみがた》なまりの弟子も感心の面持《おもも》ちで言う。

「それもこれも、先生のおかげで」

丑蔵は頭を下げた。

「いや、おまえさんが自ら踏みとどまって心を入れ替えたんだ。その心がけがいちばん尊いんだよ」

戯作者《げさくしゃ》が温顔で言った。

「これからも本所のために働いてくれ、と息子が言っていた」

隠居が告げる。

「承知しました。やらせてもらいます」

丑蔵は引き締まった表情で答えた。

四

京山と隠居たちと別れると、丑蔵はやぶ梅に戻り、脇に屋台を下ろした。丼《どんぶり》と箸を運び、ひとわたり洗い物をしているとき、梅吉が出てきた。

「手伝おうか」

梅吉が声をかけた。

「いえ、やりますんで。今晩の一人一人のお客さんの顔を思い出しながら、丼を洗うことにしてます」

手を動かしながら、丑蔵は答えた。

「そりゃあいい心がけだ。見習わなきゃ」

蕎麦打ちの師匠は素直に言った。

おれんはもう先に休んだらしい。医者の診立《みた》ても良好で、今度こそ無事にややこが生まれそうだ。

「おやっさんへの土産《みやげ》はないんだな？」

売れ残りがないことをたしかめてから、梅吉が言った。

「飯は長屋で食ってると思いますから」

「なら、松吉兄さんから鮪《まぐろ》のづけをもらったんで、おやっさんの肴《さかな》に」

「ああ、そりゃ喜びます」

丑蔵は遠慮なく受け取った。

「それじゃ、また明日」

「ご苦労さん。おやすみ」

梅吉が軽く右手を挙げた。

「おやすみなさいまし」

丑蔵はまたていねいに頭を下げた。


路地を月の光が照らしている。

丑蔵が歩み去ると、路地に人影が絶えた。
松寿司、天竹、やぶ梅――。
三兄弟の見世はすっかり静かになった。
明日もまた、客はこの路地を訪れる。
江戸の味を堪能し、それぞれの居場所へ帰っていく。
見世は港、人は船……。
さまざまな船が港へ入り、また海へ出ていく。
港のにぎわいは、夜になっても続く。
闇が本所を包むと、一つ、また一つと路地に灯りがともる。
三つの紅い軒提灯が、客をあたたかく出迎えてくれる。
寿司、天麩羅《てんぷら》、蕎麦――。
今夜はどれを食べようか。
どの見世で楽しくお酒を呑もうか……。
それぞれの思いを胸に、客は足を運ぶ。
本所には、そんな路地がある。

あたたかな灯りがともる場所がある。

［主要参考文献］

長崎福三『江戸前の味』（成山堂書店）
平野正章・小林菊衛『日本料理技術選集　てんぷらの本』（柴田書店）
篠田統『日本料理技術選集　すしの本』（柴田書店）
岡田哲『たべもの起源事典　日本編』（ちくま学芸文庫）
『復元・江戸情報地図』（朝日新聞社）
新倉善之・編『江戸東京はやり信仰事典』（北辰堂）
津田眞弓『日本の作家33　江戸絵本の匠山東京山』（新典社）
吉岡幸雄『日本の色辞典』（紫紅社）
金沢康隆『江戸服飾史』（青蛙房）
北村一夫『江戸東京地名辞典　芸能・落語編』（講談社学術文庫）
山本純美『江戸の火事と火消』（河出書房新社）
西山松之助編『江戸町人の研究　第三巻』（吉川弘文館）
滝田ゆう『滝田ゆう落語劇場（全）』（ちくま文庫）
ウェブサイト「江戸端唄・俗曲の試聴と紹介」

コスミック・時代文庫

人情《にんじょう》の味《あじ》
本所松竹梅さばき帖

【著 者】
倉阪《くらさか》鬼一郎《きいちろう》

【発行者】
杉原葉子

【発 行】
株式会社コスミック出版
〒154-0002 東京都世田谷区下馬 6-15-4
代表　TEL.03(5432)7081
営業　TEL.03(5432)7084
　　　FAX.03(5432)7088
編集　TEL.03(5432)7086
　　　FAX.03(5432)7090

【ホームページ】
http://www.cosmicpub.com/

【振替口座】
00110-8-611382

【印刷／製本】
中央精版印刷株式会社

コスミック・特選痛快時代文庫

コスミック・特選痛快時代文庫

殿さま浪人幸四郎 まぼろしの女 聖 龍人
殿さま浪人幸四郎 へち貫の恋 聖 龍人
殿さま浪人幸四郎 わかれの空 聖 龍人
殿さま浪人幸四郎 お殿さま復活 聖 龍人
殿さま浪人幸四郎 とむらい行灯 聖 龍人
殿さま浪人幸四郎 鬼女の涙 聖 龍人
殿さま浪人幸四郎 逃げる姫さま 聖 龍人
殿さま浪人幸四郎 月夜の密偵 聖 龍人
殿さま浪人幸四郎 まぼろし小判 聖 龍人
殿さま浪人幸四郎 湯けむりの殺意 聖 龍人
殿さま浪人幸四郎 裏切りの夏祭り 聖 龍人
ぼんくら同心と徳川の姫 雨あがりの恋 聖 龍人
ぼんくら同心と徳川の姫 すれ違う二人 聖 龍人
若さま水鏡剣 平茂 寛
若さま剣客 一色綾之丞 世嗣の子 藤井 龍
若さま剣客 一色綾之丞 家慶暗殺 藤井 龍
落ちぶれ同心と将軍さま 藤村与一郎
落ちぶれ同心と将軍さま 蜂のひと刺し 藤村与一郎
落ちぶれ同心と将軍さま 想い笛 藤村与一郎
落ちぶれ同心と将軍さま 上さま危機一髪 藤村与一郎
落ちぶれ同心と将軍さま 影踏みの秘剣 藤村与一郎
落ちぶれ同心と将軍さま とらわれた家斉 藤村与一郎
落ちぶれ同心と将軍さま 旅立ちの花 藤村与一郎
大目付光三郎 殿様召捕り候 誉田龍一
大目付光三郎 殿様召捕り候 暗殺 誉田龍一
大目付光三郎 殿様召捕り候 刺客 誉田龍一
大目付光三郎 殿様召捕り候 謀反 誉田龍一
大目付光三郎 殿様召捕り候 騒動 誉田龍一
殿さま同心 天下御免 誉田龍一

殿さま同心 天下御免 旗本殺し 誉田龍一
殿さま同心 天下御免 奉行暗殺 誉田龍一
殿さま同心 天下御免 上様襲撃 誉田龍一
ぶらり平蔵 剣客参上 吉岡道夫
ぶらり平蔵 魔刃疾る 吉岡道夫
ぶらり平蔵 女敵討ち 吉岡道夫
ぶらり平蔵 人斬り地獄 吉岡道夫
ぶらり平蔵 椿の女 吉岡道夫
ぶらり平蔵 百鬼夜行 吉岡道夫
ぶらり平蔵 御定法破り 吉岡道夫
ぶらり平蔵 風花ノ剣 吉岡道夫
ぶらり平蔵 伊皿子坂ノ血闘 吉岡道夫
ぶらり平蔵 宿命剣 吉岡道夫
ぶらり平蔵 心機奔る 吉岡道夫
ぶらり平蔵 奪還 吉岡道夫
ぶらり平蔵 霞ノ太刀 吉岡道夫
ぶらり平蔵 上意討ち 吉岡道夫
ぶらり平蔵 鬼牡丹散る 吉岡道夫
ぶらり平蔵 蛍火 吉岡道夫
ぶらり平蔵 刺客請負人 吉岡道夫
ぶらり平蔵 雲霧成敗 吉岡道夫
ぶらり平蔵 吉宗暗殺 吉岡道夫
ぶらり平蔵 女衒狩り 吉岡道夫
鎧月之介殺法帖 女怪 和久田正明